笑熬职场

金庸小说里的八大职场规则

南小橘 ｜ 著
NAN XIAOJU

天地出版社 ｜ TIANDI PRESS

图书在版编目（CIP）数据

笑熬职场 / 南小橘著.—成都：天地出版社，2020.3
ISBN 978-7-5455-5324-6

Ⅰ.①笑… Ⅱ.①南… Ⅲ.①金庸（1924-2018）–侠义
小说 – 小说研究 ②职业选择 – 通俗读物 Ⅳ.①I207.425
②C913.2-49

中国版本图书馆CIP数据核字（2019）第255715号

XIAO AO ZHICHANG

笑熬职场

出 品 人	杨　政	
作　者	南小橘	
责任编辑	杨永龙　霍春霞	
封面设计	蒋宏工作室	
内文排版	思想工社	
责任印制	葛红梅	

出版发行　天地出版社
　　　　　（成都市槐树街2号 邮政编码：610014）
　　　　　（北京市方庄芳群园3区3号 邮政编码：100078）
网　　址　http://www.tiandiph.com
电子邮箱　tianditg@163.com
经　　销　新华文轩出版传媒股份有限公司

印　　刷　北京文昌阁彩色印刷有限责任公司
版　　次　2020年3月第1版
印　　次　2020年3月第1次印刷
开　　本　710mm×1000mm　1/16
印　　张　17.25
字　　数　223千字
定　　价　48.00元
书　　号　ISBN 978-7-5455-5324-6

张佳玮

中国最早的游侠传说中，《史记》写些游侠，唐传奇写些奇侠，《水浒传》写的是占山为王的好汉。

金庸小说的世界里呢？帮派。

当然，帮和派，还不一样。派，比如少林、武当、五岳剑派，更像是武术学院。令狐冲还来得及跟小师妹谈谈恋爱；灭绝师太每天担心周芷若能不能传她的衣钵，把峨眉派发扬光大。

帮，比如丐帮、巨鲸帮、巫山帮，那就是江湖组织了。或行侠仗义，或控制水路，或称霸一方。红花会还有各地分舵和十四位当家；明教还有逍遥二仙、四大法王、五散人呢。

金庸小说的世界，其实是改头换面的另一个现实世界。有单位，有组织，有派系，有学院。名门正派的弟子就像大学生，帮众就像混社会的少年。

在这个世界里，当然靠打，但光靠打也不太行。张无忌得以成为明教教主，胡斐在北京城出入穿梭，当然靠了武功，但也靠人情。

至于韦小宝韦爵爷，那武功是基本可以忽略的，可是位极人臣、功高爵显，显然也不是光靠掷骰子、骂几句"辣块妈妈"就行。

人在江湖，身不由己。最后靠的是什么呢？人情。

中国历来最好的小说，到最后都在讲人情。唯人情才是中国人最微妙、西方人会有些莫名其妙的玩意儿。在大观园，在梁山泊，甚至孙猴子放不放妖怪、找几次观世音菩萨，令狐冲如何交上了朋友，张无忌怎么搞定了明教闹嚷嚷一群人，韦爵爷怎么当的爵爷，都是人情。

有人就有江湖。在江湖上可以不打不杀，但得有人情。宋江在郓城，平儿在王熙凤身边，韦小宝在宫廷与江湖之间，靠的都是人情。"人情练达即文章"，《红楼梦》里说的。

这本书讲的就是打打杀杀背后的人情。

主角们大智若愚的格局，江湖中难免遭遇能力不足时的应对，作为下属如何活得长久，聪明人的人缘似乎并不总比天真的人好……

一路下来，可以看到每个人都可以轻松理解的案例。当然了，许多说法更像以金庸先生的小说，浇现实生活里读者心中的块垒。但用我们最熟悉的案例，说世上通行的人情法则，大概是最容易理解的吧？

一个金庸迷的职场修炼之路

　　年少时，金庸武侠于我而言，完全是独立于现实生活之外的另一时空，是理想国、乌托邦，也是我的秘密精神家园。

　　有幸接触到金庸小说，不能不提我的父亲。他是个武侠迷，金庸、古龙、梁羽生、黄易、温瑞安等人的作品都有所涉猎，相对来说，他最迷的是梁羽生。

　　很多年来，他并不知道我对武侠小说的所有兴趣都是他无意间启蒙的，甚至不知道我在小学时就偷偷地看过他借来的《七剑下天山》。

　　小学时，连看课外书都是父亲明令禁止的，更别提言情、武侠小说了。"上有政策，下有对策"，我的学习成绩一直没掉线，武侠小说更是没少看。

　　待他正式知道我曾经熟读各类武侠小说时，我已经开始大言不惭地写起跟武侠小说相关的评论来，还试着用现代诗的形式写过金庸小说的女主角，甚至满怀豪情依葫芦画瓢地写起武侠小说来，但从来没有真正完成过任何一部。

我和父亲讨论过武侠小说，可惜我们之间有着严重的意见分歧，我和他分别作为金庸、梁羽生的粉丝争论得面红耳赤，从此再不能心平气和地在同一张桌上谈论各自的"爱豆"。

我深深地感激父亲借来的那套《七剑下天山》，这是为我打开武侠世界大门的第一本书。从此，一看到武侠小说我就会两眼放光、心跳加快，这跟少女见到心上人的心情大概没什么两样吧。

第一次看到金庸的小说是上初一的时候。当时在亲戚家里我看到几页散落的书页，讲的是包惜弱救完颜洪烈那一段。那些书页被我翻来覆去读了无数遍，但就是找不到全本，而且连书名都不知道，心里那种失落无以复加，简直就是郭襄在华山之巅目送杨过与小龙女携手远去时的心情，不知道今生今世还能不能再见。

我比郭襄幸运得多，没过几年，我就看到了金庸先生的经典作品《射雕英雄传》，重读到包惜弱救完颜洪烈那一段时，激动得忘记将被子捂住手电筒的光，从而不幸暴露了自己。这大概是中学时代看武侠小说的"地下党"们都曾有过的经历吧。

那时候，读金庸小说其实读得懵懵懂懂的，更多地被曲折离奇的故事情节所吸引。我整天都在想，洪七公到底有没有把降龙十八掌都教给郭靖？倚天剑、屠龙刀里到底藏了什么秘密？胡斐那一刀到底有没有向苗人凤砍下去？

上大学后，我去图书馆借的第一本书是三联版的金庸小说，还曾发宏愿——将来有钱了一定要买一套《金庸全集》。当时中文系的女生，要么跟着《世界文学史》《中国文学史》的教学进度去读《巴黎圣母院》《安娜·卡列尼娜》或者《红楼梦》，要么打通文史哲的界限，去看黑格尔和吕思勉之类，这些都是正统。而我却独自沉迷于金庸武侠小说，显得特别不务正业。那时舍友们觉得我上的不是中文系，而是"金学"系，一读金庸"误终身"。我也常自嘲是专业读金庸的业余选手，一百分的热忱读书，可是收获的并且能输出的有几分呢？

最能让人感慨时光飞逝的情境之一，大概便是在不同年纪读同一本书。第一次看到《射雕英雄传》几张散落书页的时候是十一岁，初读包惜弱救人那段时的所见所思，与后来二十一岁、三十一岁等每一个不同时段重读时的所见所思，迥然不同。

年少时的世界观，简单而纯粹。人到中年，透过文字，看到真相，看到人性，甚至会感受到作者写这段文字可能会有的心境。

以上拉拉杂杂说这么多，每一个金庸迷都不缺这样的情怀和故事，这算是向大家证明了我确实是一个金庸迷。

2017年，我跟朋友天门冬开始一起重读金庸小说，利用业余时间为我们的公众号"她安safety"写文章。那时候，我在职场上正经历一场前所未有的心灵煎熬。我没有更好的排遣方式，就借助金庸小说里的人和事来表达自己的心事，借字浇愁，无比犀利。我最喜欢写的人就是令狐冲，写了几篇后，天门冬觉得很好看，就鼓励我写成系列。

我在朋友们眼里是那种精力旺盛、愈挫愈勇的人，很快我就兴致勃勃地为自己构建了一个宏大的计划：我要将最近几年重读金庸小说时读出来的感悟写成一本书！

于是，我每天把自己扮成不同的小说人物，去体会他们的经历，去揣摩他们的内心戏。天门冬说我如果是演员，一定就是那种体验派。是的，我想知道我要演的人物到底经历了什么，想法是什么。我也是用这种感觉来写文章的。

当我把自己变成令狐冲时，从他的职场不顺遂，我看到了一个性情耿直的年轻人在职场上受到领导排挤时的种种窘迫感。

当我把自己变成程灵素时，从她与同门师兄师姐的斡旋中，我看到了一个职场人士应该有的智慧，懂得平衡关系，也懂得分清界限。

当我把自己变成虚竹时，从他收到两大公司的录用信（offer）、面临职场选择时的纠结中，我看到了一个貌似保守的年轻人对自己的明确认知以及所做出的职场最优解。

当我把自己变成乔峰时，从他的职场晋升经历中，我看到了现实的残酷：有时候，你真的需要付出常人数倍的时间与精力、做出常人数倍的业绩后，才可能获得认可。

如果把他们都看成职场人士，那么他们曾经面临的很多困境，比如跟师父的上下级关系，跟师兄弟及其他门派的内部或外部的竞争、合作关系，比如怎样规避发展中的问题，怎样提升自己的核心竞争力等，这些都跟我们的职场情境并无不同。因此，他们就像一面面镜子，折射出我自己身上的错误和问题。而层层剖析后，他们的经验与智慧又值得我学习。

这本书稿我断续地写了一年多，做过几次大刀阔斧的修改，因为今日之我非昨日之我，我的很多认知也随着时间变化而刷新。非常感谢天地出版社的张万文老师和霍春霞老师不辞辛劳的付出和给予的巨大精神力量，帮助我坚持写完这本书。

我也感谢二十多年来反复读过的金庸小说，正是这些阅读积累，使我今天借小说故事做了关于职场深刻持久却并不成熟的思考，并且成功地脱离了职场逆境，同时这也为我每天的工作输送了源源不断的动力，帮助我一步一个脚印地在职场上找到了更多的成就感。

整个写作过程使我感到振奋，因为我从一些小说人物身上找到了共鸣，这也是我为什么会用大量篇幅去反思小说人物人生失意、"职场"失意的原因——比如，张翠山的逃避、丘处机的张扬、慕容复的错误策略、包不同的抬杠——他们身上的种种毛病，多么像职场迷茫期的我！

同时，我也去思考和分析江湖最牛门派、最牛武林人士的成功因素，他们不断探索、升级自己的武功是为了确保自己的江湖核心竞争力，这给我带来很多职场启示。每个人的职场失意或成功难道不都是自己的格局、处世方式、能力、心态等综合因素所决定的吗？我不也是需要精进，需要修炼，需要迭代更新自己的认知吗？

每一部金庸小说写的哪里只是刀光剑影，哪里只是爱恨情仇，分明就是一本本珍贵的职场"九阴真经"、职场"降龙十八掌"、职场"六脉神剑"，全看你的揣摩和修炼了。

但愿每个读到这些文字的人都跟我一样获得力量，终有一天也能笑熬职场！

目录
CONTENTS

第三章　如何与领导愉快相处

第四章　要人缘也要边界

第五章　职场到底怎么"混"

第六章　职场不相信眼泪

第七章　没有核心竞争力混什么职场

第八章　资源和本事，一样都不能少

第 一 章

选择比努力
更重要

职场有无数的可能性，不同的选择带来不同的结果。当机会来临，能迅速在各种选项中找到最优解的人，常常能笑都最后。

虚竹的
职业路径设计

——

　　拿到逍遥派和灵鹫宫两份录用信之前的虚竹（《天龙八部》中的人物）是少林寺的一名普通和尚，正按部就班地在自己的职业路径里努力工作着。他看似笨拙，不引人注目，实则比大多数年轻人更多几分稳重、踏实。

　　如果没有意外，虚竹的职业规划就是在少林寺这样超大型武学机构里一直待下去，这可是吃了秤砣铁了心。他不能理解为什么在有些年轻人眼里跳槽就那么好玩。用一个时髦的词说，这就是虚竹的职业锚。他觉得，偌大的江湖，只有武当派可以与少林寺相提并论，所以，既然职业生涯的起点都到了珠穆朗玛峰脚下，那就只需要努力往上攀登直至山顶就好了，又何必转而去爬其他不知名的小山头呢？

　　虚竹很在乎自己少林寺和尚的身份，毕竟少林寺是名门正派、行业巨擘，不是普通的江湖小门派可比的。就如同刚刚本科毕业的普通家庭出身的孩子，凭自己的本事进了一家五百强大企业，跟人说起来，也会非常有面子。同时，虚竹对自己有清醒的认识，他了解自己的天资和能力、工作动机和需要、人生态度和价值观，因而将自己的职业路径设计与少林寺牢牢地结合在一起。在他眼里，离开少林寺去寻求新发展是一件非常荒谬的事情。

大公司的吸引力，对于虚竹和我们大多数普通人来说，都是难以抗拒的。毕竟大公司有那么多优势：首先可以给你带来不一样的面子和眼界，你可以穿着正装行走在繁华地段最高档的写字楼里，上班环境的格调比咖啡店还好，下午茶、咖啡随便用。其次是经济回报上的，不说年底双薪，连开年会都可能是出国游。最最重要的是在大公司里，个人能力的提升和职场发展几乎具有无限性，因为只有在这里工作你才有机会和行业精英们共事，向行业内顶级的头脑学习。

虚竹在少林寺只是个最底层的小和尚，像他这样的小和尚在少林寺要多少有多少。一年到头，连上级领导的一句夸奖都没听到过，更没有拿到过领导发的红包。而且在很多江湖人士的眼里，他看起来明明就是迂腐的普通和尚，"全然不像闻名天下的'少林和尚'"。在别人眼里，大公司里的竞争制度和人际关系既现实又残酷，而在虚竹眼里，这就是最理想的职场，只要踏踏实实，总有一天能一鸣惊人、一飞冲天。谁都有职场菜鸟期，不过是时间长短不同而已。武功不如人、修行不如人、颜值不如人的虚竹从未气馁，他的信念也从来没有垮掉。

按照虚竹的职业路径设计，最理想的状态就是未来有一天能坐上中层管理者的位置。如果能以中头彩的概率做到某院首座或者方丈，那简直就是世界上最完美的人生了，没有之一。虚竹所有的努力都是围绕少林寺的工作任务展开的，他孜孜不倦，心无旁骛，从来不会像别人那样这山望着那山高，骑驴找马。

虚竹的职业生涯出现转折，是在收到两份突如其来的录用通知后，这都是请他去做CEO（首席执行官，以下简称CEO）的。换成一般人，其实一眼就能看明白其中的利益得失：从公司的基层员工一飞冲天直接执掌两大门派，未来大展宏图是完全可以预见的，这真是千载难逢的好机会啊。但这明显偏离了虚竹的初心和职业路径，于是他表达出强烈的抗拒。

虚竹拒绝的理由竟然只是他在少林寺干得好好的，领导和同事们待自己恩重如山，离开这里简直是"不仁不义、不忠不孝"。他的反应让逍遥派和灵鹫宫两大门派的人十分震惊，做两大门派的首领，难道还没有做少林寺底层小和尚更有吸引力吗？难道我们承诺的职位不够高？给的薪水福利不够好？这个年头还有高薪高职位聘不来的人才？

很多人暗暗地想，两大公司的录用通知到手，正常人都不会回少林寺。在大公司里做个寂寂无闻的后辈，还得熬多久才能熬出头呢？如果永远没有机会晋升，难道在这里当一辈子大头兵吗？虚竹似乎并没有想那么深，所以他才会死心塌地想着要为少林寺奉献青春，并且打算在这里终老一生。

虽说虚竹过去对外面的什么逍遥派、灵鹫宫等都一无所知，但他见识过这两大门派掌门人的本事，所以他并不是傻到不懂这两份录用通知的含金量，而是他不在乎。他也不是不知道，这是他进入另一条快速轨道的最好时机。因为在人才济济的少林寺里，要一步步走向更高的职位，得"过五关斩六将"才能实现。而今有机会可以一步成为某家公司的高管，这真是中头彩了。

虚竹不愿意偏离自己最初的职业路径，而且这些年他在少林寺也待惯了，业务熟悉，三观和人生态度也跟周围的一切再和谐不过。在大多数人眼里，虚竹的执着或许很傻，但事实上我们又很难真的否定他在人生这一阶段对职业路径的依赖。因为你的蜜糖可能就是他的砒霜，某次跳槽对你来说或许是时来运转，对另一个人来说或许就是致命风险。对于一些性格沉静踏实、不善于随机应变的人来说，每一次跳槽都需要付出大量时间、精力才能适应新的环境，有时还不知道最终能不能适应下来。他们最怕的就是像被移栽的一棵树，虽然人们尽最大努力提供了适宜的生存条件，但这棵树最终还是适应不了新环境，死掉了。

虚竹在主观意愿上并没有放弃自己的初心，尊重了内心的选择，他依然愿意在少林寺做个简简单单的小和尚，每天念经，岁月静好。但是现实生活对他并不友好，阴差阳错，他后来被迫离开少林寺。在这种情境下，他才不得不接受两大公司的聘请，完成了从大公司底层小员工向小公司领导人的角色转变。这大约就是人们常说的计划永远赶不上变化吧。

人生总有无数可能性，职场也是。职业路径设计，有长远规划固然好，但也不能一成不变。没有谁可以把人生一眼看到头。在不同的阶段、不同的际遇面前，要灵活地调整自己的职场路径，让自己适应得更快些、更好一点儿。

薛神医的
理性跨界

———

跨界是一件非常拉风的事情，古往今来，有本事且有钱有闲的人都喜欢玩这个。

看着人家跨界后在各种不相干的领域里玩得风生水起，或赚名声或赚钱财，很羡慕不是吗？金庸小说中，桃花岛主黄药师（《射雕英雄传》中的人物）就是个跨界高手，除了武功高，在琴棋书画、医卜星相等诸多方面都达到了专业级别。

跨界本身是好事情，但在现实中它最大的阻碍就是大家常说的要"专注做一件事情"。跟黄药师齐名的西毒、南帝、北丐、中神通等人，基本上都不怎么热衷于跨界，一辈子扎扎实实在武学界不断突破自己。就像现代企业里，有的企业会在各个领域大胆尝试，哪里热门就跨界做什么；而有的企业则在几十年里只专注一件事，要么做热水器，要么做空调，跨界的事情他们不玩。

小说中，像郭靖（《射雕英雄传》中的人物）这样的武林高手，虽然武功不错，人品不错，但才华相对有限，所以，他一辈子只是踏踏实实去奔一个目标，他再明白不过：一生中能把一件事情做好、做到自己能达到的极致，其实就已经是人生大赢家了。哪里有时间和本事再在其他领域发展？又哪里一定需要成为跨界高手？

所以，不管在哪个次元里，跨界都不是一件容易的事情。按正常的理解，跨界时两个领域之间的跨度越大，难度通常就越大。武林高手中，黄药师是少有的天赋异禀者，他不但热衷跨界，而且跨度特别大，样样都做到了极致，这对我们普通人跨界来说完全没有参考价值，因为灌再多的鸡汤也不能把我们培养成黄药师，也不能提高我们盲目跨界的成功率。

理性的人跨界如果一直保持理性的话，那么在跨界这种大事上也会非常谨慎。《天龙八部》里的跨界医生——薛神医就是一个代表。薛神医医术了得，如果某种疾病他说治不了，那基本全天下就没人能治了。这种牛人通常精力、智力超越常人，所以他并不甘于只做一名医生，跨界意识非常强烈。

薛神医在小说中只是个十八线的小配角，没有主角光环，所以他的跨界都是扎扎实实花费时间和精力来慢慢实现的。有一点我们得知道，薛神医的智商非常高，据说他在做医学生的时候就是个学霸，几乎毫不费力就掌握了医学专业知识；做医生后也是举重若轻，江湖上几乎没有难得住他的疑难病症，于是他就把更多时间"浪费"在了自己喜欢的事情上——跨界学武功。想想这是多么自在、多么令人向往的一种人生态度啊。一个医生想跨界成为武林高手，看起来二者之间横着一道银河，挺不容易的。

薛神医可不是盲目跟风赶时髦的人，他有智商加持，而且理性思维也随时在线，他把跨界这件事情当成了一个系统工程来做。他首先安排好时间、精力向跨界的新领域学习。薛神医的职业决定了他有很好的社会资源——他跟很多武林高手有交集，"他爱和江湖上的朋友结交，给人治了病，往往向对方请教一两招武功。对方感念他活命之恩，传授时自然决不藏私，教他的都是自己最得意的功夫。"这样，他在学武功上有很大便利，跨界的成功率就大大提升了。

其次，薛神医还有一样大本事——社会活动能力，这一能力将他的资源完美地融合起来，推动了他的跨界。有一个小故事可以说明薛神医在武学界其实也已经混得如鱼得水了。有一次，他用自己的社会影响力为师父、师祖办事，广撒英雄帖，还在各种江湖媒体上做宣传，然后举办了一场武林超大型聚会。这个活动他本人几乎没花一分钱，因为他拉到了赞助商：中原的两位土豪兄弟免费提供场地、提供酒水等，还负责提供了英雄帖的设计、印刷，雇用快递小哥投递英雄帖的人工费用。这个活动办得怎么样呢？非常成功，规模之大，来宾之多，超乎赞助商的想象。

薛神医医术一流，武功究竟算不算一流，书上没说，不好推测，但是武学界人士都是认可他的。所以，他最终实现了从医学向武学的完美跨界，这大概得益于他的跨界规划和善于整合资源的能力。

互联网时代，跨界更是红红火火。那么多的鸡汤文都在鼓励我们去跨界，这个词刚火的时候，我认识的一位领导就在给员工疯狂推荐相关图书，后来他们公司里所有人言必称跨界。但跨界的事情最后怎么样了呢？据说只是他们公司的一时风潮而已，风潮一过，大家就不提了，因为没有人做出明确的跨界计划。想来跨界终究不是喊几句口号，在短期内就可以轻易实现的。

大多数的跨界当然是动真格的，并不是为了图个热闹或玩个开心，也不是蜻蜓点水玩个体验就收手的。就像一家公司原本做房地产，突然跨界做金融，白花花的银子投入了，无数股东期待着，在这样的压力下，跨界怎么会只是玩一玩？对于个人而言，在某个领域熟悉得闭着眼睛都能干好，突然跨界到新领域一试身手前，是不是得先问问自己对新领域有多少了解、有什么样的资源？

但凡理性尚存的人，自然就不会以成为一名跨界高手为目标。只有忽略自己的才能、时间、精力、资源的人，才会被跨界风潮吹得七荤八素，盲目地告诉自己："冲呀！我要跨界，我也要像黄药师那样，除了是个武术名家，还能做专业音乐人、一流棋手。"成年人做任何事情都会考虑成本，跨界的事情如果成本和回报比例严重失调，就应该及早放弃。

成年人即便有条件跨界，也多是往相近的领域去切入，投入的时间和精力相对小，也比较容易出成绩。就像薛神医跨界，他不会像黄药师一样去研究琴棋书画和医卜星相，而是结合自己的兴趣和资源，向武学界跨界。

不要看着人家褚时健跨界种橙子都能成就大生意，就想当然地认为我们随便种个什么水果也能成功。人生中的成功从来没有"随便"二字。别人看起来毫不费力做成的事情，也是背后付出巨大努力才换来的。

不是说跨界不好，当下的时代里没有跨界思维也是很可怕的，很多传统领域和新兴领域之间的距离在越变越小。不好的是盲目跟风，为跨界而跨界，没有结合自己的优势，也不能整合自己的资源。这样的跨界，成功概率微乎其微。世界上从来都没有无缘无故的跨界，所有成功的跨界都需要精心准备和各种充分条件。

重新定位：
殷天正与明教的大和解

在《倚天屠龙记》里，曾经有一道难题，摆在天鹰教CEO殷天正的面前：老东家明教集团陷入发展危机，向他发来了一封诚恳的求助信。这件事非常棘手，需要考虑要不要和解一段关系。

先来看一下殷天正和老东家的恩怨：殷天正离开明教是二十多年前的事情。当年，他在明教的发展已经到了天花板，而明教本身也开始变得千疮百孔、弊病丛生，他认清形势后果断辞职离开。没过多久，他便一手创办了天鹰教。一个野心勃勃、年富力强的人是不会甘心怀才不遇过一生的。

创业以来，无论在业务上还是个人交情上，他跟明教几乎没有任何来往。明教的同事对他不但没什么特殊优待，其中一个同事还砸过他的场子。更让人心里不舒服的是，这位同事还扬言就是想警告一下殷天正，"让他知道离开明教之后，未必能成什么气候"。

"人若犯我，我必犯人。"殷天正的人生哲学里显然没有这一条。世界虽大，圈子不大，兜兜转转，估计不远的未来还得江湖再见。因此，无论被砸场子后的心理阴影面积有多大，终究还是涵养深，殷天正对这一切都忍住了，并没有去兴师问罪，他并不想把关系闹僵，毕竟"凡事留一线，日后好相见"。

谁知道今天，明教竟然又派人来"撩"他说：这么多年不来往，咱们和解吧，从此还是相亲相爱一家人。于是，球便踢给了殷天正——就看你怎么接了。老东家明教放低身段主动来和解，殷天正再清楚不过这是什么用意，这是当家领导的智慧。过去二十年里，很多优秀员工先后离职，明教简直就是一座人力资源大金矿。明教如果用好潜在的这座矿，那么眼前的困难即使再大，也都不是事儿。

要不要去和解这段关系，这是个难题。很多人会替殷天正想，受了这么多年苦，谁要听你一句"咱们和解吧"？冤家宜解不宜结，道理都懂，做起来却难。不信，问问华山派的气宗和剑宗，原本是一家，可为什么永远只能你死我活？问问无量剑派的东宗和西宗，为什么只能是五年一比赛，轮流做庄家？坐在谈判桌前，将利益各让一步然后签下停战书？

人与人之间，或者个人与公司之间的和解，容易吗？不容易。生活中、职场上常有这种事情，很多人不是过不了心里那个坎，就是利益达不成，或者就是根本没机会。对于殷天正来说，要不要接受这时隔二十年的大和解？明教把球扔过来了，是该倾力相救呢，还是事不关己高高挂起，或者干脆是幸灾乐祸看热闹呢，又或者是观望一下再做决定？所以，他不能不对下一步棋做详细的优势劣势分析。

俗话说，好马不吃回头草。就好比恋爱，既然分手了，大多也很难心平气和地再去和解。个人和公司之间的关系也是这样，当年既然选择离开，通常就绝不会轻易回去。因为不论哪种形式的离开，都有不得不离开的原因。不然，辞职的成本这么高，谁会轻易辞职？真正的成年人，大多不会因一时冲动去辞职和跳槽。

殷天正离开明教后，白手起家，辛苦十几二十年，才把天鹰教办得有了起色。现在如果回去，对于天鹰教来说，对于殷天正本人来说，有什么好处呢？只凭一腔热血和忠勇来决定接受不接受，这肯定不是一个成年人、一个企业领导人的行事模式。

殷天正最后决定接受和解，而且打算以全公司之力去支援明教。这莫名地让人想起IT界的一些大佬之间的恩恩怨怨，有的人明明自己已经成为创业英雄，占有了相当大的市场份额，什么也不缺了，却在老东家的邀请下回归前公司出任董事长，将自己与前公司的命运又绑在了一起。

对于明教的领导来说，殷天正的决定实在算得上意外和惊喜，选择和解的人是大英雄，应该赶紧让明教宣传系统好好宣传，树立榜样。这样，还可以引发前明教员工的回流潮，有利于明教未来的可持续发展。殷天正果然有示范效应，引发了一波回归潮。

多少人迈不过去的坎儿，殷天正迈过去了；多少人达不成的利益，殷天正达成了；多少人做梦都得不到的机会，殷天正得到了。他轻松地完成了自己和明教之间的和解。对于辞职的人来说，回去有回去的好，不回去也有不回去的好；不是每个人都能回去，也不是每一种离职都适合回去。

殷天正与前东家明教的大和解成为江湖上的一段佳话。很多人百思不得其解，好好的一教之主，干得风生水起的，又何必投到前东家的怀抱里呢？而且在明教快"瘫痪"的时候，殷天正的回归简直是商业上的自杀行为。连明教的对手对此都感到震惊，有人还很友善地提醒殷天正："天鹰教已脱离明教，自立门户，江湖上人人皆知。殷老前辈何必

蹚这浑水？"

殷天正从二十多年的一把手位置走下来，又重新做回大集团的高管，职业身份是一百八十度的大转折。他似乎需要更大的勇气接受角色转变，其中首先挑战的就是"面子"。毕竟明教也只是给他恢复了过去的职务，排在他前面的还有好几位高管。其次就是要跟昔日有过不愉快的旧同事继续共事，时隔二十多年，彼此能否心平气和地亲密相处、并肩作战？

和解的基础固然与殷天正的器量、格局相关，但也不排除与利益、自我定位和企业发展目标紧密相关。殷天正带着已颇有影响力的创业公司回归老东家，他对自我以及天鹰教显然做了重新定位。首先，这种带资金、带人力的回归，在老东家这里的地位肯定与从前不能同日而语。其次，有望与老东家一起捆绑成拥有垄断地位的行业巨头，这对殷天正本人以及跟着一起重回明教的兄弟们来说，应该都会有利可图吧？他要的是，在每个当下，他做的决定是有利于自己和身边人的。

这个重新定位的决定，在某种程度上无异于现代中小企业创始人将自己的企业卖给上市公司。上市公司扩张了自己的规模，中小企业的发展也因此注入了雄厚资本。二者的利益点是共同的。这里蕴藏着一个商界大佬的远见卓识，或许此次奇货可居，好比炒股，眼下就正是低价抄盘的好机会，布下一盘大棋，放下长线投资，坐等十年后的丰厚回报。

就这样，一场震动江湖的大和解结束了，想看笑话也好，纯粹围观也罢，钦佩主角的魄力和格局也罢，一切才刚刚开始。在每一个当下，我们都要有清醒的自我认知和明确的未来定位，至于未来究竟会怎么样，那就交给时间吧。

梦想家慕容复：
选择比努力更重要

——

郭靖大侠的梦想是保家卫国，洪七公（与下文中的"江南七怪"均为《射雕英雄传》中的人物）的梦想是打造和谐帮派，江南七怪的梦想是教书育人，而慕容复（《天龙八部》中的人物）有个巨大梦想——当皇帝。不想当元帅的士兵不是好士兵，在职场上也是一样。不怕梦想远大，只怕历尽职场风雨后连梦想都没有了。工作十几二十年后，庸庸碌碌的你已经不知道自己是谁、在哪里、到底在干什么了。

如果说职场上你是一个想当元帅的好士兵，那么有了梦想之后，你会变得怎样？要怎样才能实现梦想？从士兵到元帅，还有很长的路要走。天上终究是没有掉馅饼的时候，大多数人也没有家族企业可以继承，所以，抵达梦想的彼岸离不开找到一条正确的路径，离不开持之以恒的坚持和努力。

先说说慕容复的远大梦想。有的人家里有皇位可继承，而慕容复继承的却只是做皇帝的梦想。慕容家若干代以前的先祖是大燕国的皇帝，几百年过去了，慕容家早已流落成平民百姓，但全家都坚持让复国和皇帝梦在家族中代代传承。

慕容复的老爹曾为这个梦想努力了大半辈子，可惜蹉跎了岁月后只好望子成龙。他把复国当皇帝的梦想接力棒传给了慕容复，但没有能力给儿子指出明确的战略规划，也无法提供强大的人力资源和资金，因为如果真有这些门道，那么他传承给孩子的就不是梦想，而直接是皇位了。

对于老爹来说，慕容复真是个好儿子。慕容复不光有梦想，也有才华，年纪轻轻时就已经将同时代的多数人远远抛在身后了。江湖上称"北乔峰，南慕容"，这名声可是慕容复自己靠实力拼出来的。看样子，他爹把梦想寄托在他身上，一定是觉得成功概率还蛮大的。

慕容复被老爹赋予了光荣使命，老爹教导他说：咱们慕容家的祖先是大燕皇帝，所以咱们慕容家的男人未来是要复国当皇帝的。这也成了慕容复的人生定位和终极梦想。但至于这个定位对不对、符不符合自己的实际情况、有没有可能实现，并不在考虑之列，因为他们祖祖辈辈都被这个梦想所激励，根本就不在乎对错。

的确，有很多人说他这是空想，他舅妈王夫人讽刺他们家人的皇帝梦是有病，连一直暗恋他、崇拜他的表妹对此也有看法，旁人就更当这是个大笑话。慕容复接到这样的梦想订单，不怀疑，也不后悔。对于那些不能理解他的人，他只是嗤之以鼻：燕雀安知鸿鹄之志。

如果换个心态来看慕容复，应该说人家有当皇帝的梦想其实并不丢人，为什么要嘲笑呢？就好比说，我们要嘲笑那些想当元帅的士兵吗？要嘲笑想当CEO的职场新人吗？难道跟他们说："你醒醒吧。小小一个士兵，还能当得了元帅？小小一个新人，还能当得了CEO？哈哈哈。"有梦想不努力才丢人。一个人有梦想而且很努力，这是值得尊重的。

　　问题是在实现梦想的路上，有时"谋事在人，成事在天"，努力过后，结果是几家欢乐几家愁。失败的因素各种各样，其中一个关键因素就是没有找到正确的路径。如果从一开始，你选择的方向是错的，那么跑得越快就错得越厉害，甚至南辕北辙。这无论对于职场发展还是人生规划来说，都是最可怕的。因为时光不会重来。

　　很不幸，慕容复就属于那种选错了努力方向的人。所以，与其说很多人瞧不起梦想家慕容复的梦想本身，不如说瞧不起他为了梦想而选择的可笑途径。话说，他的梦想就是零基础组建一个国家，这跟大学生零起点创业不是一个难度系数。建立一个国家是多么宏大的梦想，就连成立个小公司，都得有资源和资金，还得有规划和章程。而他面对宏大的梦想明显只是一拍脑门，拉上几个哥们儿注册个公司就拼足牛劲开始做事了。没有明确方向，也没有任务规划。要怪也得怪他老爹和祖上就没想明白这个梦想要分几步走，每一代人至少应该完成什么样的使命。三代养成贵族，当皇帝不更得花时间吗？

　　慕容复的确很努力，是一个为实现梦想拼尽了全力的好青年。他常年不在家，干什么去了呢？一个干大事的男人要四处找机遇，去招聘人才和融资。他的跟班们也常年在全国范围出差，就这样，一个慕容复加上四个跟班组成了"梦想无限责任公司"，就像吉卜赛人一样四处跑着，天天贩卖着梦想，希望吸纳更多的志同道合者。

　　再看看他的复国大业的资金储备，他的资金来源不过是在苏州的几百亩田产和数幢别墅。这点薄产大概连大理王国一个后花园也买不下来，用来招兵买马又能耗多久？还想支撑到复国、坐上皇位？对于一个相当漫长的创业过程来说，他的资金链是一定会断掉的。

再说人力资源，开个小公司也要麻雀虽小五脏齐全，各个基本岗位都得有人。更何况不是开小公司，而是要凭空开创一个国家，更得有人才可用。刘备当上蜀国之主，不正靠的是手里有人吗？自己得会选人，更得会用人。慕容复选人用人这一项能力就不及格。他手下有四大跟班，却一个比一个奇葩，有怼天怼地的杠精，有一言不合就要跟人拼命的莽夫，虽然人品都靠谱，但眼界、格局和能力确实不怎么样。你敢想象他们未来能帮助慕容复攻城略地和治理国家吗？

慕容复后来一直热情地向江湖上的各种小小咖们兜售自己的梦想，跟他们建立联系，就是想着未来用人之际能有人可用。有道是，身边的人什么样，你自己也就是什么样。段誉他爹为段誉留下了大理镇南王府的四大护卫，有经验、有智谋，也有武功。丐帮帮主乔峰手下的几大长老都是天下一流高手，后来拜把子的义兄义弟们也一个比一个牛，都是皇帝圈子里的。而慕容复身边的队伍就特别寒碜，不过是杠精、莽夫和江湖上的游兵散勇，一群乌合之众。

选拔人才的眼光不好，资金储备又不雄厚，因此慕容复在全国贩卖梦想时招聘到的人才确实乏善可陈，如果只是用来开个小公司或许能勉强过关，但要成就复国大业那就太欠缺了。就好比说你连个编程的人才都没有，怎么好意思说要搞个IT公司？你连个写作、运营人才都没有，又怎么有资本在新媒体行业里竞争？

慕容复虽然很拼，但一年年过去，同时代的年轻人早发生了翻天覆地的变化，当掌门的当掌门，做皇帝的做皇帝，只有他的梦想仍然只是梦想，既无进展，也无任何可以落实的规划。有道是，选择比努力更重要。对于慕容复来讲，如果能早早认清自己，正确定位，不早就有所作为了吗？

像张三丰一样
定制未来的人生

——

少林弟子张君宝花了几十年时间来化茧成蝶，成为天下闻名的武当派创派祖师张三丰（张三丰在金庸小说《神雕侠侣》与《倚天屠龙记》中登场，《侠客行》《笑傲江湖》也略引述其事）。这个故事是我们喜闻乐见的励志鸡汤。作为鸡汤文的主角，张三丰的成长过程有几个噱头非常吸引眼球，比如，他少年时经历坎坷，爱情没有修成正果，白手起家创建武当。

根据鸡汤文的逻辑，"天降大任于斯人也，必先苦其心志"。成功人士要吃得苦中苦，方为人上人。这一点，张三丰完全达标。在他还叫张君宝时，他是少林寺俗家弟子，导师觉远是个挑水的和尚，一生都没有得到过职位晋升，只轮过几次岗，从少林寺图书馆管理员、保洁员变成了挑水工，每天不停地挑水。导师地位尚且低下，小张君宝就更是人下人了，吃不饱、穿不暖、被人欺负也可想而知。

在少林寺里，少林方丈、达摩院首座等身边的小弟子，待遇自然会比张君宝高得多。但以张君宝的品性，宁可跟师父当一辈子图书馆管理员、保洁员、挑水工，也不会拣高枝儿另投名师。

《红楼梦》里丫头小红跳槽攀高枝的技巧要说难也不难。草原上出来的放羊娃郭靖也是拜在天下闻名的丐帮帮主洪七公门下做了弟子后，能力和名声才得以大大提升。大家不都在拼尽全力通过考研考博往知名度更高的学校里考，通过跳槽进大公司谋求更好的职位吗？对于普通人来说，要想成功，挤上一辆快车，总比自己光着脚丫子拼命跑更容易接近目标。

张君宝根本不知道这样的捷径，甚至都不能想象普通人通过搭上快车获得逆袭的机会。他只是日复一日地重复劳动，导师的今天就是自己的明天，未来可以一眼望到头。少林寺里有很多底层弟子，他们的宿命可能就是在少林寺种一辈子菜，当一辈子火头军，或者扫一辈子地，挑一辈子水，一直这么待下去。它终究是一份稳定的工作，任人说什么"你所谓的稳定不过是浪费时间"。对很多人来说，不是不懂，更多地却是不得已。没有门路，当然只能先图个安稳。

在鸡汤文里，人生也有精彩无比的起承转合。张君宝同学被命运虐完第一轮后，就给了点儿福利。少林寺向来是藏龙卧虎之地，很有可能那些看起来普普通通的扫地僧、火工头陀、挑水僧就是深藏不露的绝世高人。他的导师觉远竟然就是这种传说中的高手。导师博览群书，学问渊博，不仅能背全本的武功秘籍《九阳真经》，而且武功精湛。

于是，幸运女神赏赐了张君宝《九阳真经》，以及超凡的见识、能力和格局，让他即便是在做小小的图书管理员和挑水工，看起来也自带光环。

但紧随而来的是张君宝陷入第一次人生危机，命运必须再狠狠虐他一回，再不虐小张君宝可就长大了。这个危机真不小，少林寺将他和他的导师一起开除了。这还不够虐，就在开除的当天晚上，他相依为命的导师去世了。少不更事的张君宝一下子被命运的大棒打蒙了，不知道未来可以去哪里、要做什么。

虐完他后，命运又给了张君宝一大波福利。落魄的张君宝碰见了他的女神郭襄，在后来的传说里，他爱了这位女神一百年。在女神面前，他表达了自己内心的彷徨："郭姑娘，你到哪里去？我又到哪里去？"

可惜的是，女神心有所属。所以潇洒明慧的郭姑娘不能回应张君宝的情感，只是装出很老成的样子，伸手拍了拍他的肩膀，说道："别担心，姐可以罩着你。"郭姑娘确实也善良，郑重其事地为他指点了人生："你可以去襄阳找我父母，我老爸是郭靖大侠，喜欢少年英雄，说不定他会收你做徒弟。唯一有个小问题，就是我姐的脾气差了点儿，可能会欺负你，你稍微顺着点儿她就好了。"

这是郭姑娘心中最为妥当的方案：人人都来抱我郭家大腿，只要你去我家，天大的事情，我爸都可以替你摆平。你看你这么落魄，我老爸又那么善良，肯定会收留你，你表现得乖一点儿，他还会收你做徒弟。他可是堂堂郭大侠，不轻易收徒弟的哦。

少年张君宝在悲痛之中听从了女神的好意，想都没想就一路向襄阳走去。可越走他这心里就越明白自己未来的处境：依附郭家，成为郭靖大侠的弟子，虽然能免去流落江湖之苦，更是搭上了一辆快车，假以时日必能建功立业、扬名江湖，但他隐隐觉得这条出路很不对劲儿。

作为主角，怎么会是依附他人的软骨头呢？于是故事反转了：在武当山下，张君宝听到一个农妇跟她男人说话，大意是我们有手有脚，

来，喝我鸡汤。

干吗要去投靠亲戚，惹一身没趣。张君宝深受刺激，马上决定自力更生，就地住进一个山洞，开始专心习武。十几年后，他白手起家创建了武当派。

这个意外遇见的农妇，一句平平常常的话，改变了张君宝的命运。如果没有这个人、这句话，张君宝可能还是张君宝。很多人的人生被改变不都是这样吗？因为某个人、某句话，命运就悄悄发生了转变。就像逃出全真教后走投无路的杨过遇见了小龙女，就像在草原上放羊的憨厚少年郭靖遇见了江南七怪……这就是你猜得中开头却猜不着结尾的人生和命运。

假如张君宝只是张君宝，按照郭女神的指引去了襄阳，没准儿就是下一个大武、小武，可以受着郭家大小姐的气，窝窝囊囊地活着。又或许就是下一个杨过，跟郭家大小姐闹矛盾，吵得天翻地覆，最后没办法又被郭家爸爸"放逐"到全真教去。好在张君宝没有这些假如，为自己定制了未来，他不肯寄人篱下，想要做个顶天立地的好男儿，自立门户。

这个故事具有很多传奇色彩，而从现实角度来分析，张君宝之所以最终成为武当创始人张三丰，当然不是只靠农妇一句话的点拨就能改变了命运的，而是由众多因素的交汇，比如性格、眼界、胸襟、品行等，才成就了张三丰自己。就像杨康遇见过良师丘处机，遇见过益友郭靖，遇见过贤妻穆念慈，可又怎样呢？命运向更好的方向发生转折了吗？没有。

很多牛人之所以牛，正是因为他们在生命中的重要节点上做了正确决定。归根结底，一个人的人生过成什么样，不是别人影响了你、改变了你，而是你自己有了正确的认知和抉择。

职 场 点 拨

1．人生总有无数可能性，职场也是。职业路径设计，有长远规划固然好，但也不能一成不变。没有谁可以把人生一眼看到头。在不同的阶段、不同的际遇面前，要灵活地调整自己的职场路径，让自己适应得更快些、更好一点儿。

2．盲目跟风，为跨界而跨界，没有结合自己的优势，也不能整合自己的资源，这样的跨界，成功概率微乎其微。世界上从来都没有无缘无故的跨界，所有成功的跨界都需要精心准备和各种充分条件。

3．天上终究是没有掉馅饼的时候，大多数人也没有家族企业可以继承，所以，抵达梦想的彼岸离不开找到一条正确的路径，离不开持之以恒的坚持和努力。

4．很多牛人之所以牛，正是因为他们在生命中的重要节点上做了正确决定。归根结底，一个人的人生过成什么样，不是别人影响了你、改变了你，而是你自己有了正确的认知和抉择。

第 二 章

搞清楚
你输在哪里

职场上的自我反省有多重要？
做和不做，差距就是有的人把一副
好牌打烂，有的人却把一副烂牌
打好。

别把夜郎自大
当自信

——

当年王重阳（见《射雕英雄传》）把全真教的招牌做得实在太响了，这样丰厚的精神文化遗产积淀出他徒子徒孙们的绝对自信，每个人都觉得自己特牛，行走江湖时，逢人就说："看我们祖师当年……""看我们全真教的功夫天下第一。"在他们心中，全真教大概也算是江湖上最牛公司或者最牛母校了。

尹志平（见《射雕英雄传》《神雕侠侣》）是王重阳的第三代弟子，少年时是一个尊敬师长的好学生，处处以老师丘处机为偶像，亲其师，信其道。丘老师天生潇洒豪迈，自带光环。尹同学也是写满一脸的"我是全真门下"，生人勿近。

有一次，尹志平被丘老师派往蒙古草原交流学习，实际上是丘老师授意他去打探江南七怪的教学水平，因为再过两年就是大家约定好的教学比赛了。全真教这种985大学中的战斗机，拥有一流的教学体系和教学环境，岂是江南七怪这种师资水平和草原上的教学环境所能媲美的？丘老师派人去了解对方的实力，也是想着到时别让对方输得太难看，毕竟

"友谊第一，比赛第二"。

尹志平呢？这是第一次出差，还从来没有跟江湖上的人比试过，心里痒痒，一到目的地就想显显本事，于是主动找江南七怪的学生打了一架，发现自己果然比人家厉害得多，这下信心越发爆棚了。

在尹志平看来，全真教就是世界第一流的学术中心，而全真七子就是世界上最优秀的导师。尹志平发自内心地为全真教骄傲，今天我以学校（公司）为荣，这有错吗？没错啊。谁还不能年少轻狂一下了？

"我们××学校是省重点，我们××老师可厉害了，全省没有谁能超过他的。"我们年少时也有过心目中的英雄，觉得他们无所不能、无坚不摧。所以，不难理解初入江湖的尹志平会跟人说："只要全真七子肯出面，天下又有什么事办不了？""全真七子威震天下，只要他们几位肯出手，凭他泼天大事，也绝没办不成的。"

可惜在江南七怪眼里，尹志平这种自信分明就是目中无人，于是让他在临走前狠狠地摔了个大马趴，希望他能从此长个教训，做人不要太狂。

成长总是需要付出代价的，尹志平在江南七怪面前摔的这个大马趴，印象还不够深刻，他很快就忘记了这回事。而真正让他懂得"盲目自信是会吃亏的"这个道理的人，是武学大家黄药师。这个"学会"的代价是被黄药师扇了一个大耳刮子并打落了几颗牙。专治各种夜郎自大的黄药师那个响亮的大耳刮子抽得他眼冒金星，满地找牙。

黄药师是如何给尹志平上了这一课的呢？尹志平在一次出差途中碰见了江湖上鼎鼎大名的黄药师。黄药师的威名和事迹他当然有所耳闻，那可是跟他们创派祖师王重阳一起华山论剑的大人物，换一般人见了黄药师这么大有来头的人，大概不是胆战心惊，就是点头哈腰了。但全真教的弟子个个自信，遇见这个专家那个权威的时候不会发怵，管他黄药师、黑药师呢。

尹志平坚信，我们全真教的创派祖师王重阳才是天下第一。在全真教里，大家也是天天在嘴边挂着这段光荣历史，天天喊着"我们永远天下第一"。全真教认为，天下第一的老师就一定会教出天下第一的学生——全真七子，天下第一的全真七子会继续教出天下第一的学生们——以尹志平等为代表的第三代好学生。

所以，当黄药师耍威风地对着人们说"滚"时，尹志平一点儿也没有怯场，泰山崩于前而面色不变地自报家门："弟子是全真教长春门下。"谁知道黄药师并不买全真教的账，毫不留情地说："全真教便怎的？"然后扔出一块木块，把尹志平打得满地找牙。

这一块木块让尹志平的确清醒了不少，毕竟这是一次掉了牙的血泪教训。至少让他知道行走江湖，千万不敢随便乱叫人黄药师、黑药师，而且也隐隐意识到，原来天底下除了我们全真教还有很多能人啊。后来，尹志平还目睹了全真七子与黄药师之间的较量，这更是刷新了他的认知，或者说第一次学会了客观地看待全真教。全真七子以七敌一对付黄药师，输了。而几十年前，王重阳一对一地对付黄药师，赢了。水平高低，一目了然。

这确实让尹志平震惊：原来世界上还真有"天外有天，人外有人"这回事儿啊。职场上，自信还得有真实力，能力不如人而偏逞强的盲目自信不过是自欺欺人，不如好好思考如何提升自己、如何超越竞争对手。

跟全真教一样，很多公司或者个人养成了夜郎自大的"自信"，每天公司上上下下必得喊几遍口号："我们公司的某某产品业界第

一！""我们公司的发展前景业界第一！"不再问外面的世界究竟发生了什么，也不知道同行每年都取得了什么样的成果。长此以往，大家渐渐地都看不到自己的不足。更可怕的是，发现跟他人的差距后，也很难有实际有效的行动。

尹志平被现实打脸后，看到了黄药师这种一流武学大师的水平，怎么样了？脸被打痛了一阵子，也难过了一阵子。奋起直追了吗？没有。很快就好了伤疤忘了痛，全真教氛围的疗愈功能无比强大，所以，他仍然能浑浑噩噩下去。在一个集体环境里，麻木会互相传染。不能不说，全真教里，一代勤奋，二代装死，三代不知天高地厚，四代一群脓包。一代不如一代。

很多年前，欧阳锋在看到全真教第二代弟子——全真七子时，就已经在骂他们没出息了：王重阳收的好一批脓包徒弟。这样盲目自信的基因不改，认知水平不改，又不能刻苦钻研学术，将诸如争创全国一流学术中心之类的口号喊得再响，都无济于事。

对于个人来说，盲目自信的可怕之处在于，你会由此停止前进的脚步，而不知道竞争者早已甩你几条街，一旦同场竞技，黄药师这样的高手就会将你打得一败涂地，甚至从此离开这个圈子。

避免盲目从众
和集体犯错

——

人在集体环境中，从众是很常见的心理和行为。看着周围的朋友都在炒股，于是赶紧也去开个账号。看着周围的家长都开始送孩子出国，于是赶紧也去各种留学机构咨询。公司要跟员工签某个合同，很多人看同事都在签，于是也就闭着眼睛签了，理由是："看合同太烧脑，那么多同事都签了，肯定出不了错，跟着签就是了。"

就好像《倚天屠龙记》里，明教教主失踪后，高管们争权夺利，局势混乱，一些人预测明教前途堪忧，就辞职离开了。这种离职行为引起一大波人的从众效应，一时之间，掀起了空前的辞职潮。如果你身在其中，这个时候到底是去是留？是简简单单不费半个脑细胞地从众，还是根据自己的情况权衡利弊后再做决定？其实两条路都没问题：走有走的好处，留有留的理由。有人选择辞职离开，那是创业或者跳槽了；有人选择留下，则是为了养精蓄锐、东山再起。

盲目从众的行为背后是因为没有独立思考的支撑，所以可能带来的影响说大也大、说小也小。在一些无关紧要的事情上从众，结果也不会严重到你无法承受。从众炒个股，就是在股市里赔点儿钱，只要不是把全部积蓄砸进去，似乎都可以宽慰自己"留得青山在，不怕没柴烧"，赔掉的钱权当交学费了。从众送孩子出国，但孩子出国不适应，你把他再接回来或者让他混个垃圾文凭再回来，相对来说后果严重多了，因为你可能改变的是孩子的人生。

我们为自己的行动辩护时常常会振振有词地说："大家都这么做！"但是，大家都在做的事情就一定对吗？有时候即便是大家共同商量讨论后做出的决定，也可能是错的。对于盲目从众者来说，如果选择从众的事情本身就是错的，还能指望这件事情会有一个美好的结果吗？

在职场上，还有一种盲目从众的体现就是盲从权威。这种现象有时会导致所谓的集思广益变成集体犯错。为什么会出现这种不科学也不符合常理的事情？原因是大家在"集体决策"的执行过程中出现了漏洞。这样的例子很多。

在《笑傲江湖》里，恒山派高管层是"定"字辈的三位师太——定闲、定静、定逸，作为一大门派的管理者，师太们每天都需要在内部事务、人情往来、业务拓展、发展规划等大事小情上做决策。

师太们工作很卖力，大家都知道；但恒山派的安全事故频出，恒山派的安保制度和设施薄弱也是事实，一直为江湖人士所诟病。三位师太总抓不住重点，也找不到有效的解决方案，于是在脆弱的安保措施下又接二连三地做出了集体外出的决议。最后，导致损失惨重，不仅伤亡了一些弟子，三位师太也因公殉职，既悲壮又可怜。

三位师太虽然尽职尽责，但她们的集思广益并没有改变集体犯错的属性。她们的决策大会再民主，再畅所欲言又有什么用？因为，无论是头脑风暴还是集思广益，结果并没有提出性质不同的A计划、B计划、C计划，而永远是一模一样的A计划。下面基层员工异口同声地绝对支持和服从，没有异议。如果早知道盲从的后果这么惨，大家能不能积极地多动动自己的脑子，为避免损失提些有效的建议？这么多人用生命和前途为领导智识上的不足和盲目自信而埋单，不值得啊。

恒山派基层员工的盲从很像我们自己在职场上的行为，有时，所谓的集思广益不过是随声附和。领导在做决策的讨论会上吧啦吧啦先发表意见，然后说："今天请大家来讨论一下这个计划的可行性。"后面发言的人一个接一个地应道："领导说得对。""我也主张……""我赞同……"

这种情况下，集思广益是假的，附和才是真的。职场上，领导先发言了，后面的人都不好意思真实地表达自己的不同意见，万一领导认为自己是在挑战权威呢？

大家或许说恒山派几位领导人的眼界、格局和能力有限，只是个百来人的小门派，也没经历过大事儿，所以拿不出高明的决策来。《天龙八部》里，有件事情却证明了无论多么有智慧、有才华的团队一样会陷入集体迷思。

少林寺的重要领导人——玄慈曾经收到一个江湖人士的秘密消息：辽国人要来少林寺抢武功秘籍。兹事体大，玄慈一听就非常紧张，于是赶紧召集少林寺高管以及中原武林的几位权威人物开了个重大会议，与会者代表着当时江湖上最有见识的头脑。大家商讨后就立即行动——北上雁门关去阻止辽国人的这一阴谋。

结果不仅尴尬，而且简直是中原武林集体的耻辱，因为在浪费了巨

大成本后这些最有见识的头脑却发现：他们收到的是一个假消息，也做了一个错误决策。大家自以为干了一件利国利民的大事，而事实上却像一群"脑残"，集体干了一件毫无意义的事情。更让他们痛心的是，这件事情还伤及了无辜。

最不可能犯错的人居然会犯错，究其原因，是做决策的时候并没有一个反对的声音，于是就有了集体失去理性、做出错误决策的结果。

在职场上，防止做出这种集体错误决策其实是有办法的。做决策前，应该有两个阶段的集体讨论，第一阶段先开脑洞，大家纷纷建言，哪怕荒诞而不切实际的想法也一并提出来。第二阶段才是解决问题，大家更专注、更严谨地分析信息、筛选信息，最终做出理性的决策。

真正的集思广益是可以避免犯错的，但前提是每个个体能独立思考，能做到忠实于理性思考和分析，而不是盲从他人或者权威。那么，怎样才能给出一个可以畅所欲言的会议环境呢？让大家能彻底放下心理包袱，就事论事，保持独立思考并且积极建言。

不能精进为一流大师，
丘处机输在哪里
——

　　丘处机（见《射雕英雄传》《神雕侠侣》）在终南山学艺时，就重武学而轻修道，后来虽然成为全真七子中武功最高的一位，但在道教修为上有所欠缺，跟师父王重阳不是一个路数，所以师父把掌教位置交给了丘处机的师哥马钰。

　　丘处机并不在乎要不要当掌教，在他眼里，当全真教掌教意味着要按部就班地在重阳宫练功、打坐、冥想，枯燥乏味，毫无创意。以他的性格，根本就受不了天天打卡的规律生活，也过不了整日听虫吟鸟鸣的山居岁月，所以他的掌教师哥马钰每次查岗时都找不到他。那么，丘处机在哪里呢？萍踪侠影，漂泊不定啊。他可能在临安城郊痛杀南下金兵，可能在嘉兴跟人一边打架一边表演高难度的铜缸斗酒，也可能在千里追寻忠良之后的路上……重阳宫外的世界很精彩，还有那么多有意义的事情等着他去做呢。

　　再者，作为一个热衷吟诗作对的侠客，总是会沾着些文艺细菌，他的灵魂和躯体就是天生奔放的浪漫主义。在江湖漂泊的岁月里，丘处机

的行囊中除了必备的急救药，就是即兴写下的诗稿。如果问丘处机对于自由的看法，他也许会说："修道诚可贵，武功价更高。若为自由故，二者皆可抛。"所以，如果让他留在重阳宫每天朝九晚五地修道，那就好像让鱼儿离开了水，没有了灵魂和生命。

他跟马钰师哥是不一样的，两个人永远都是"白天不懂夜的黑"，一个无比热爱重阳宫的清修生活，一个无比热爱外面世界里的刀光剑影。清修的马钰师哥责任感强，只要逮着机会就给师弟开小灶，分享悟道心得，强灌道教鸡汤，总是殷殷期盼丘处机回重阳宫清修，还诚恳地说如果你在外面漂泊累了就回来，办公室我们都帮你打扫好了。丘处机对于马师哥的好意只能表示"呵呵哒"。他所在乎的是江湖上人人提起"全真教丘道长"时的那种崇拜和敬仰，马师哥很少闯荡江湖，又如何体会得了？丘处机所向往的是快意恩仇、自由自在的江湖。马师哥一辈子局限在重阳宫，又如何体会得了？

丘处机尽管不喜欢坐在重阳宫清静修道，但他对全真教和师父王重阳还是有深厚感情的。因为全真教是他的出身，王重阳是他的老师，名校名师的加持让他自信满满，这些也是他安身立命、叱咤江湖的资本。

丘处机喜欢让人知道"我们全真派""我们重阳先师"，喜欢将每一场行侠仗义、惩奸除恶都做得有仪式感，也喜欢收获群众的崇拜眼神和热烈掌声。有一次，他追杀金兵路过临安城郊的牛家村，碰见了两位脾气相投的小哥。后来为保护两位小哥和他们的家人，他酣畅淋漓地完成了他个人的"杀敌秀"，收鞘时，顺便还摆了个英雄标配的姿势。他知道，此处一定会有掌声，也一定会收获崇拜和敬仰。

牛家村武功低微的两位小哥，以及千千万万普通百姓对丘处机的称赞和崇拜，渐渐让他忘记了武术水平的高低是学术圈内的事情，是由专业技术人员来认定，而不是群众来认定的。二者含金量是不同的，群众的好评是百花奖，专业评审团的好评是金鸡奖。

丘处机的群众基础很好，在大江南北拥有大量粉丝，这让他变成了一个武术圈外的流量明星，但是学术圈里的人对他的评价真不高。作为天下第一高手王重阳的得意门生，丘处机与师父当年的水平始终相差着好大一截，别的专业人士看了都说：全真教一代不如一代。

武学宗师黄药师的女儿黄蓉还在少女时期就看不上丘处机的能力，给了全真七子这个集体大大的差评："我瞧他们也稀松平常，跟人家动手，三招两式，便中毒受伤。"在黄蓉的眼里，丘处机的行为和能力仿佛就是那种"晃荡的半桶水"。这样的人哪里都有，就像我们身边那种说得多、做得少的人，工作中整天只做表面功夫，却自我感觉公司离了他就不转。

至于该如何客观评价丘处机的能力，黄蓉固然是有偏见，因为对他有意见才给了差评，但她在看到洪七公显露出武功后，心里想的是，洪七公看来比丘处机还小几岁，而且她爹黄药师也很年轻，可都早在二十年前华山论剑时就跟丘处机的师父王重阳不相上下了。从这个角度来看，黄蓉给出的差评也不是没有可信之处。

丘处机挂着"全真七子"这个响当当的名号行走江湖，但似乎一直差一样东西——代表作，就像一位演员演了一百部戏，却没一部真拿得出手的代表作，那算什么好演员？搞学术研究也一样，在某个领域里有独当一面的本事才行，有代表作，才能让人记住你，也才能构成评职称和奠定学术地位的前提条件。比如，黄药师有弹指神通等，洪七公有降龙十八掌，这些武功绝技常常让对手一听就能吓倒。可是，丘处机有什么让人记得住的代表作呢？有是有，不过除了他师兄弟和徒弟们能记得，旁人却都不记得。

一个专业技术人员在学术圈里始终到不了一流水平，尤其是岁数渐增时，要作品没作品，要职称没职称，怎么在后生小子面前树立权威？这难道不是很尴尬吗？但丘处机这种性格的人对此并不敏感，他的马师哥似乎就比他自卑得多，动不动就说："刚才会到的那几个人，武功实不在我们之下。""刚才不是柯大哥、朱二哥他们六侠来救，全真派数十年的名头，可叫咱师兄弟三人断送在这儿啦。"马师哥虽然看起来很弱，却对专业技术始终保持着敬畏心，所以才能几十年如一日地踏实修炼。这正是丘处机所缺乏的。

丘处机究竟输在哪里？学艺路上已经有名校名师加持，还差什么呢？很多跟他年纪差不多的江湖人士，比如黄药师、洪七公，人家早已经是真正的学术大师了，他们到底是怎么做到的？

黄药师为了练武功，曾经发毒誓不练成功就绝不出桃花岛。洪七公和欧阳锋两个人在二十年后重逢，再次比武时，惊讶地发现彼此武功都有大大的进步，连在一旁观摩的黄药师也暗自心惊。牛人们对提高业务技能始终保持着高度的警惕性。在这个时代，只有努力向前奔跑，才能停留在原地。

学无止境，如果没有精进的决心，能力上升的通道自然就早早关闭了。以丘处机的才华和习武天分，如果他能像师哥马钰那样不骄不躁，在重阳宫里坐得住，像他师叔周伯通那样嗜武成痴、刻苦钻研，他的专业技能再大大提升一个层次，也不是没有可能。

远离郭芙式道歉逻辑：
"这不是我的错"

——

　　人非圣贤，孰能无过？感谢老祖宗替我们的犯错找到了完美理由。谁要说我们犯错，我们就用这句话怼回去，我不是圣贤，错就错了，你能咋的？确实，无论是在职场上还是在生活中，你都有犯错的自由，但是别忘了，公司领导、同事、朋友也有远离你和开除你的权利啊。

　　很多人不喜欢《神雕侠侣》中的郭芙，不是因为忌妒她白富美，而是因为她伤害了别人后，还永远一副无辜的样子："这不是我的错。因为你，现在大家都找我的碴儿，我已经够委屈了，你还想怎么样？"郭芙的字典里是没有"对不起"三个字的，她也从来不觉得自己做错过什么。

　　在她眼里，所有的坏事都是别人的错，只不过是伟光正的老爹郭靖大侠每次都要把责任推给她，让她当冤大头，还得硬着头皮去跟人道歉。毕竟是亲爹亲妈，爹妈虽然不时给郭芙上思想政治课，但批评教育时基本都是雷声大雨点小。读者可不是郭芙的亲爹妈，没那么多宽容和耐心。大家永远不能原谅郭芙干的两件蠢事，一是砍掉了男神杨过的一条胳膊，二是她自作聪明地在暗室里发射毒针，伤到小龙女，导致小龙女再无治愈的希望。

杨过和小龙女的粉丝也不能原谅郭芙，见一次就想要撕她一次。杨过和小龙女的铁粉陆无双在绝情谷碰见郭芙时，就毫不留情地进行了一番人身攻击，还差点儿让郭芙也失去了一条胳膊。郭芙既委屈又害怕，急得都要哭了："我做错什么了？陆无双你怎么可以这么恶毒？"

在郭芙眼里，自己砍断杨过胳膊和用毒针伤了小龙女，这两件事情也没有严重到不能被原谅的地步，而且自己已经道过歉了。先说砍杨过胳膊的事情。这件事情确实让郭芙痛苦了很久，她的痛苦不是因为自责和内疚，而是她爹郭靖对她大发雷霆，还差点儿让她成了断臂维纳斯。她爹很质朴地认为，砍了人家的胳膊，道歉是没用的，最好就是以胳膊还胳膊。而她妈黄蓉是个理智的聪明人，说砍下十条胳膊也于事无补啊。她考虑到郭芙的人身安全，就让郭芙躲到外公家去了。郭芙这么娇滴滴的小女生，从来没有离开过爹妈，因为这件事情，温暖的家里也待不下去了。这么惨的遭遇可都是杨过的错呀！

在郭靖大侠看来，郭芙是有错的。身为父亲，应该管教犯错的女儿，所以女儿应该写一份八千字以上的深刻检讨。但是郭芙躲到外公家了，等她再回来时，郭大侠的气也消了，女儿犯错的那件事大家只字不提，郭大侠砍女儿胳膊也没了由头。最后也就是让黄蓉去落实监督女儿写检讨，连标题带重复句子拼凑了八百字，事情就这么翻篇儿了。毕竟是亲生的宝贝女儿，就算犯了天大的错，爹妈也是可以原谅的。

但郭芙写检讨时是很委屈的：砍胳膊这事能怪我吗？我从小到大，连只鸡都没有杀过，怎么可能存心想砍人胳膊？谁让杨过当时说话太过分了呢？要是他能好好说话，我何至于生气，又何至于砍他的胳膊呢？杨过的运气不好，胳膊也不经砍，才一剑怎么就刚好砍断了呢？而我也在积极弥补啊，在第一时间就去找爹妈了，不过等老爹赶来时，杨过小子已经畏罪逃跑了，要怪只怪他自己耽误了抢救机会，这才导致后来他只有一条胳膊了。所以这整件事也不能全怪我吧？

但是吃瓜群众却不依不饶，在这件事情上总是不肯放过郭芙，郭芙很郁闷，大家怎么就不能学会宽容呢？小说中写道："'他的手臂便是我斩断的。我赔不是也赔过了，给爹爹妈妈也责罚过了，你们还在背后这般恶毒地骂我……'说到这里，眼眶一红，心中委屈无限。"明明就是杨过的错嘛，为什么没人去质问杨过？他还弄曲了我的长剑，我都还没怪他呢，你看我比他宽容。

第二件事情，郭芙用毒针射伤小龙女时，"心中只略觉歉疚"，但很快就觉得自己刚刚发的毒针没什么大不了嘛，不过是暗室里的自我防卫而已。错的难道不是对方吗？哪有正常人要躲在暗室之中的？谁又料到是他们呢？你说这错在谁？在郭芙的眼里，这个世界对她最不公平的地方就是：大家总是站在道德制高点上来骂她。

可惜，书里书外，郭芙的委屈得不到旁人的理解和支持。这个没情商、没脑子的草包姑娘，犯了那么大的错误，却没有做人最基本的自觉——反省自己。一个连错误都意识不到的人，是谈不上有诚意向人道歉的，也是很难有实际行动去改错的。这才是大家讨厌她的根本原因。

职场上，像郭芙这类人并不少见。他们总是一犯错就怪别人，嘴边时刻挂着"这不是我的错"，每次迟到就说"都怪今天下雨堵车了"，每次进度拖后腿就怪其他环节的同事没配合好，每次丢掉客户就怪这个这不是我的错啦。

客户真没人品……

人们常说，犯错是成长的必经之路。这句话在郭芙小姐身上就完全无效，因为郭芙这种犯错专业户基本就是只见犯错不见成长。但人家有资本一辈子做巨婴不成长，既不用挣钱也不用养家。在自己爹妈的手下工作，就算错得一塌糊涂，职场生活也并不会因此而不顺心。而对于我们普通人来说，既然没有郭芙的资本，那么，就只有远离傻白甜的思维方式和道歉逻辑，才能提醒自己如何为自己的错误埋单。不然，在职场上将寸步难行，有可能连新手实习的三个月都熬不过去。

无论犯了什么样的错误，首先得知道自己错在哪里，而不是推卸责任；其次是在错误中学会复盘，以便在未来相似的情境里不断提醒自己避免再次犯错。这样才会换来成长。

正视错误的态度和积极修正错误的行动是做人做事的及格线。即使是个小孩子，父母也应该教他学会犯错了要认识错误、改正错误。如果在犯错时还伤害了别人，那就必须真诚道歉，道歉要有实际意义，而不是只走个形式。再说了，自己有错，诚恳地道个歉并且做好弥补工作，就那么难吗？

逃避：
武当派张翠山掉链子

——

在困难面前，有两条路可以选，一条是迎难而上，一条是逃避困难。逃避即是放弃，会让人当下更舒适。因为一个人保持越挫越勇的斗志，最终克服困难绝对是件很难的事情。没有人随随便便就能成功，要是成功那么容易，大街上熙熙攘攘的人群就全是成功人士了。

不是所有人都能在困难面前当英雄，很多人选择逃避，毕竟还有"好汉不吃眼前亏""大丈夫能屈能伸"这样的万金油理由，让我们心安理得。更何况即便是顶天立地的大英雄，大概也会有他不能直面的困难。所以，就算真的懦弱、逃避，那也只是个人选择，影响的不过是自己的人生，与他人无关。

但在职场上，因为通常需要团队成员间高度协作，成员之间都是优势互补，越是精英团队，就越没法单打独斗，所以，你一遇困难就逃避肯定是不行的。关键时刻，每个人、每个环节都是不能掉链子的。只要一个人掉了链子，整个团队就如同多米诺骨牌一样全都垮了。

扪心自问，人在职场，谁不想建功立业？但是有的人可能最终会变成一个逃避责任、拖后腿、掉链子的人。毕竟，逃避是一种普遍的人性硬伤，很多人身上都会有，而且各有各的委屈和心酸。

在《倚天屠龙记》中，武当派开派祖师张三丰最重视团队建设，他打造的优秀团队——武当七侠不仅整体作战实力非常强大，而且每个人都有独当一面的本事，都是当时江湖上了不起的精英人物。比如，老大踏实稳重，老二武功最高，老三精明强干，老四机智过人，老五聪明悟性高，老六剑术最精，老七内外兼修。这个优秀的团队为武当派带来了前所未有的殊荣，开创了武当派的黄金时代。

武当七侠团队从无到有再到优秀，一时间成为当时江湖上团队建设教科书一般的存在，但最终在走向卓越的路上突然垮了。怎么垮了？就是因为团队中有人掉了链子，团队也因此遭受了巨大损失，甚至在很长一段时间里，所有成员几乎停止进步，而原因却是大家把时间基本都花在了为掉链子的队友善后上。

掉链子的是武当七侠中的老五——张翠山。张翠山在武当七侠中虽然不是首席，但其重要性也是不言而喻的。张翠山上有师兄们喜爱，下有师弟们信任。更重要的是，师父很明显地偏爱他，最新研发出来的武功会单给他开小灶，还打算将来传位给他。谁都想不到，这个看起来前途无量的年轻人竟然会掉链子。

张翠山掉链子的原因似乎有偶然性，如果一切好好的，没摊上事情，也没遇见"五百年前那个冤家"，张翠山才不会相信自己会掉链子呢。但张翠山的掉链子也有其必然性，他性格软弱、纠结的一面决定了他的命运，即便没遇上殷素素，也可能有一个王素素、李素素会使他掉链子。在他掉链子之前，他这个人基本没什么毛病，聪明、悟性高。

掉链子始于那次出差——师父派他去调查师兄俞岱岩受伤的真相。以他的能力，调查一个案子并不困难。在调查过程中，随着真相逐渐浮出水面，他遇到了一个无法与外人说、也无法求助的困难，于是开始逃避现实、一环一环地掉链子，直到最后刹不住车。

掉链子的人永远都不会觉得有办法可以阻止这种事情发生。这次出差调查师兄受伤真相，张翠山很快就把实际情况掌握得十有八九，但真相让他始料不及：俞岱岩受伤和镖局被灭门两件事情交织在一起，而幕后的一个重要人物就是魔教女子——殷素素。他身不由己地跟殷素素倾心相爱了。此时，他深切地意识到在团队责任和美好爱情之间似乎难以两全。平衡好事业和爱情，这对于大多数人来说都不是容易的事情，对于纠结体质的张翠山来说，那就更难了，因为他有顽固的门户之见和正邪不两立的道德感等各种包袱。

不能不说，逃避确实是有些人解决问题百试不爽的好方法，就像周伯通逃避瑛姑的爱情一样，无法解决两个人之间的问题那就干脆永不相见，或者见了就躲，只差没有个乌龟壳缩进去。只要能逃避，就没有了麻烦。张翠山也选择了逃避，半推半就地接受了他人的劫持，从而得以与魔教女子远离大陆、结为夫妻。

一个人只要开始逃避，开始放弃，千难万难的事情立刻变得容易起来。张翠山显然也是在一点儿一点儿的尝试中发现了逃避现实带来的方便之处。什么武当的发展、什么兄弟情谊、什么江湖道义，逃避到北极后，哪里还有这些人间的束缚和责任？所剩下的，只有爱情和人生的欢愉。

然而，他从此拥有的北极冰火岛上十年岁月静好，却让武当七侠团队为此负重前行。不能不说，这一逃避行为成为张翠山一生中最大的硬伤。在他逃避的十年里，武当派承担了"弟子是灭门案嫌疑人""武当弟子畏罪潜逃、人间蒸发"的恶名。张翠山个人要不要"洗白"是一回事，但这"黑锅"武当派却是背定了。武当七侠团队的其他人呢？这十年里什么也没干，日复一日、年复一年，除了解释、道歉、再解释、再道歉，就是四处调查团队成员失踪前"杀人案件"的真相，哪里还有时间来考虑创新和进步？武当派的损失大到无从计算。

面对张翠山事件，张三丰和武当七侠团队并没有选择放弃队友，而是齐心协力替他一起扛。虽然不知道这个冤屈要扛到何年何月，但是如果张翠山永远回不来了，那么他留下的这个大麻烦，大家就只能永远替他扛下去，直到死。这是师徒情义、兄弟情义。

十年后，张翠山重回武当，掀起了一场轩然大波，为他背了十年"黑锅"的武当团队表示仍然继续帮他扛。但是张翠山既然回来了，解决问题的主体就不再是团队，而是他自己了，毕竟他才是"杀人事件"的当事人。面对团队成员和师父张三丰对他的不抛弃、不放弃，他这才有些后悔当年的逃避。如果当时一心一意只查真相，完成师父交代的任务，回去复命后再来谈这场恋爱，哪怕辞职脱离武当一心去恋爱，也都是无可厚非的。至少，武当团队不用为他的逃避而名誉受损，也不会无缘无故被拖累十年。

谁也想不到，久别归来的张翠山在面对新的现实难题时，做出另一个让人震惊的选择——他竟然以死来逃避现实。死，成为他在困难面前最后一次选择逃避的方式。张翠山死了。他以为只要死了，就一了百了，再也不会拖累团队了。但是，大家为他辛苦十年、停滞十年也都变得毫无意义，这才是重情重义的武当团队最受伤的时刻，也是掌门人张

三丰人生中最遗憾的事情。

确实，人生中、职场上有很多扑面而来的事情做起来太麻烦，逃避可能让人忘却痛苦，带来一时轻松，大多数人也未必是挑战困难的大英雄，宁愿像张翠山、周伯通一样选择逃避。但从长远来看，所谓"躲得过一时，躲不了一世"，该面对还得面对，该成长还得成长。时刻想着像猪八戒一样撂挑子回高老庄去，职场的前途可想而知。任何一个优秀的团队都不会欢迎随时可能掉链子的人。

职 场 点 拨

1．真正的集思广益是可以避免犯错的，但前提是每个个体能独立思考，能做到忠实于理性思考和分析，而不是盲从他人或者权威。那么，怎样才能给出一个可以畅所欲言的会议环境呢？让大家能彻底放下心理包袱，就事论事，保持独立思考并且积极建言。

2．学无止境，如果没有精进的决心，能力上升的通道自然就早早关闭了。牛人们对提高业务技能始终保持着高度的警惕性。在这个时代，只有努力向前奔跑，才能停留在原地。

3．无论犯了什么样的错误，首先得知道自己错在哪里，而不是推卸责任；其次是在错误中学会复盘，以便在未来相似的情境里不断提醒自己避免再次犯错。这样才会换来成长。

4．人生中、职场上有很多扑面而来的事情做起来太麻烦，逃避可能让人忘却痛苦，带来一时轻松，但从长远来看，所谓"躲得过一时，躲不了一世"，该面对还得面对，该成长还得成长。

第 三 章

如何与领导
愉快相处

在职场关系中，"知己知彼"
的兵法永远有效。读懂领导的心
理，明白领导的意图，才可以与领
导愉快相处。

蓝凤凰的智慧：
别让领导起疑心

——

　　跟领导相处是一件高难度的活儿。很多职场小白都会羡慕那些能在领导面前谈笑风生的同事，一看他们就是跟领导走得比较近，深得领导的信任。练成这种轻松自如感有什么诀窍吗？诀窍肯定有很多。但有一点最重要——分寸感。分寸拿捏好了，领导才会觉得你这个人稳重、可靠、令人愉快，才会留意到你的能力，相信你的忠诚。

　　《笑傲江湖》中的蓝凤凰与领导相处的情节就是一段很好的示范，教我们如何拿捏分寸，打消领导的疑心，从而真正赢得领导的信任。蓝凤凰算是职场上多才多艺的人，会武功，会养蝎子、水蛭，懂点儿医道，关键是这些技能也都不是摆设，而是能实实在在用得上的。比如她曾经用自己养的水蛭和自己懂得的那些医术帮助过女上司救心上人。公事之外还能帮女上司解决私人情感中的麻烦，你说这加不加分？

　　蓝凤凰就是行走的情商教科书，身在人才济济的日月神教，居然和前教主的女儿、神教圣姑任盈盈的关系也很不错，把女上司混成闺密的本事绝不简单。女性上下级之间的关系本来就很微妙，能到交流私人情感的份儿上，就算交情相当深了。蓝凤凰以女性情感细腻的优势替女上司做了一件很重要的事情——替年轻的女上司考察男朋友。这件事情很重要，因为作为下属，无论你加多少班，做出多少业绩，那都是在为公司做事，女上司考核和评价你都是公事公办；而为女上司个人做事，那是私交，她是会把你放在心上的。

蓝凤凰替女上司做的这件事情比较难办，它不在本职工作范畴内，而是属于女上司的私事。不是难在花多少钱和精力来办事，而是难在有分寸地把事情办得大家都不尴尬。这件事情是：女上司不能确定心上人是不是爱自己，但知道心上人遇到困难，她特别想帮他一把，可又担心自己出面会尴尬。这才有了蓝凤凰的任务。蓝凤凰做事有技巧，且重情义，很快赢得了女上司的心上人——令狐冲的信任。蓝凤凰把事情办得这么漂亮，女上司心里肯定也满意。

蓝凤凰很快意识到有一点儿小麻烦，既然跟女上司的心上人建立了信任，但长此以往，因为是异性，所以难免会引人怀疑。有人就对令狐冲说：蓝凤凰是个很骄傲的女人，对任何男子都不假辞色，却偏偏对你这么上心，在公事私事上都愿意对你倾力相助，她一定是爱上你了。当然，也有人怀疑令狐冲喜欢漂亮的蓝凤凰。

对于蓝凤凰来说，不管女上司任盈盈有没有听到这些闲话，听了会不会起疑心，身为女人，她很清楚引起女上司产生这种误会非常不妥。她可不想惹不必要的麻烦，也不想打翻跟女上司之间友谊的小船，因为自己有清晰的职场目标。更何况，令狐冲也不是自己的菜，干吗要扯进这莫须有的三角关系里去呢？所以，她要找个时机来证明自己。

但是职场上，在上司面前替自己辩解也要讲究方法和时机，并不是说你冲到上司办公室去解释一下就能达到目的，不看时机而跑去生硬地说："领导，我跟那个××只是业务往来关系。"在那些不能让人放下防御心理的时机和场合中，这种苍白的解释不仅达不到目的，反而可能令人心生反感。

蓝凤凰终于找到了一个合适的机会。有一次，蓝凤凰碰到了女上司和令狐冲。令狐冲还像平时一样随意地管蓝凤凰叫了一声"大妹子"，蓝凤凰也很自然地答应了。不过，她巧妙地顺着话头向女上司轻描淡写地补了一句："任大小姐，你别喝醋。我只当他亲兄弟一般。"聪明的女上司岂能听不懂这话里的意思，于是，立刻回了一句："令狐公子也常向我提到你，说你待他真好。"就这么几句话，三个人的心都放了下来。这种解释，无须内心戏太多，无须担心自己只解释一句会不会显得力度和诚意不够。敏感的话题里，话贵在精而不在多，四两拨千斤。

为什么说这次时机特别合适？因为场合再巧妙不过了。解释一件跟公事无关的事情，原本就不适合在办公室正襟危坐着来讲。蓝凤凰选对了时机和场合，在这个私人相处的空间里，几个当事人同时都在而无须他人背后去转述，她给出了恰到好处的解释和表态。职场上也如此，能见面解释的就一定要见面解释，而不要试图通过电话解释，更不要在微信、邮件上用文字解释。因为隔着时空，你完全看不到对方的反应，对方如果因此心生不爽，你连补救的机会都没有。

在上司面前，你不该流露的野心、不该抢的戏、不该乱说的话，都要收敛住。不要以为上司脾气好，就可以称兄道弟、乱开玩笑。公司不是你家，上司也不是你爹妈，一旦有了误会，没有人想听你解释，也没人有时间听。

总有些人不但不去谨慎地拿捏分寸，反而因为盲目自信，觉得自己说什么、做什么都是对的，以为自己说的、做的上司一定会喜欢，跟上司相处时也常常过于膨胀。汉末时期曹操的谋士杨修就是这样一个典型人物。杨修的智商很高，不然曹操也不会高薪聘他来当顾问，结果彼此信任的"蜜月期"不长，曹操就打心眼里开始厌烦他。为什么呢？这个人聪明得过了分，在上司面前也毫不收敛。对于上司来说，手下有聪明员工原本是件好事，但如果员工不把聪明放在业务上，而是抓住机会不停地标榜自己的聪明，在和上司相处时对上司不够尊重，肆意调侃上司，这样的员工能让人信任和使用吗？对员工来说，在职场上，任何考验上司肚量和人品的事情，都不是明智之举。

可悲的是，上司对杨修这类员工的疑心，焦点是觉得他们想争权夺利，然而他们却并不是真有野心，只不过行事浮夸、有失分寸，尤其跟上司相处时没有边界感。蓝凤凰如果不机敏，也很有可能让人误解，导致女上司误以为她想挖墙脚。

职场上，杨修只需要做一件事情，那就是控制一下自己的表现欲。像蓝凤凰一样，清楚自己的角色定位，明明是配角，就不要在不该出现的地方强行给自己加戏。当你的风头超过主角时，主角肯定会怀疑你的用心。职场上，什么时候该唱主角，什么时候不该唱主角，要熟练掌握分寸。明明在工作中出了力，也立了汗马功劳，如果因为细节处理不当引发上司的疑心，就得不偿失了。任何时候，赢得上司的信任，保持和谐的上下级关系，这样才是你好、他好、大家都好，才会赢得上司对你工作上的大力支持，未来的职场前景也才会光明。

三观不合时，
不要轻易尝试改变上司

——

通常说三观不合的婚姻很难维持，很多人会先尝试改变对方，或者改变自己的期待值，以使双方合拍，保持在同一频道上，如果仍然无法和谐，那就只能选择分道扬镳。但无论出现哪种情况都会大伤元气，所以过来人或者情感婚姻专家们的忠告就是，找对象结婚就一定要找三观一致的。

这个规律在职场上也适用。比如说，如果自己跟公司文化、跟上司三观不合，也会导致类似问题。对于员工而言，改变公司或上司的难度是很大的，只能先改变自己的期待值，去努力适应公司或者上司，实在不行，那就只好选择辞职。

一个人只有在拥有足够的能力和资本时，才会有更多的话语权。大多数情况下，普通的求职者拥有的选择权很有限。选择了不错的公司、理想的薪水和心仪的岗位，就没有权限进一步选择更多。如果要优先考虑三观一致，那我们就可能需要放弃对公司、薪水和岗位的选择。

你或许可以选择进入一家企业文化和经营理念与你三观相符的公

司，却很难有机会去选择一个三观跟自己永远保持一致的上司。即便一开始都是我们期待的，但职场形势是变化的，人也是变化的，谁知道我们会不会被调到三观不合的上司手下工作呢？谁又能保证我们现在的上司在未来三观不发生剧变呢？这些状况随时会将我们推向三观不一致的情境中。一旦跟上司三观不一致，究竟会带来什么问题呢？

一个人的三观体现在职场的方方面面，比如对待工作的态度，对自我的要求，对人际关系的处理，对未来的规划等。如果跟上司三观一致，我们的工作就很容易得到上司的认可；如果跟上司三观不一致，我们对工作各个环节的见解往往就更容易出现分歧，沟通的时间成本也会成倍增加。这样的事情如果反复出现，上司还会觉得我们跟不上他的节奏，跟他完全不是同一频道的人。当然，我们自己也会很不爽，甚至怀疑上司是不是故意跟我们过不去。

《天龙八部》里的包不同在选择上司时就非常在意三观是否一致，在意的程度远远超越了他自己有限的选择权，这个心理诉求也因此给他带来了巨大的职场困惑。他曾就职于姑苏慕容家，顶头上司就是那个江湖名气很大、野心抱负也很大的慕容复。包不同忠心耿耿地在慕容家族企业里工作了几十年，他一直觉得，自己的三观跟上司的三观是高度一致的。他的能力和努力，上司不仅看得见也非常认可，而且委以重任，这是很有成就感的事情。所以，包不同才会几十年如一日地任劳任怨，跟着领导走南闯北地去融资招商、招揽人才。

但有一天，包不同突然发现上司的三观变了。那次他和领导一起去大理出差，他发现领导居然厚颜无耻、毫无骨气地向"四大恶人"之一的段延庆表达了合作之意。这让他吓了一大跳，他认为这完全是领导的三观出了大问题，道德大滑坡，而且照这么发展下去，很可能就把整个慕容家族的企业和员工全都裹挟进坑里。所以，上司后来的决策他无法投赞成票，更无法说服自己去执行。让他感到既焦虑又痛心的只有一件事——怎样才能跟上司的三观再次一致。

问题来了，在职场中跟上司三观不合时该怎么办？包不同想到的解决方法是改变领导，因为在他简单的对错判断中，谁有错谁改，自己没有错当然也用不着改。于是他的责任心让他勇敢地站出来，决定给上司上一堂思想教育课，教育上司去认错和改错。他直接将上司定义为"不忠、不孝、不仁、不义之徒"，上司被他激怒到翻脸了，沟通自然无法继续，最后上司无情地打过来一巴掌，彻底结束了他的职业生涯。

包不同在这场职场悲剧里犯了两个明显的错误：一是他的目标错误，他试图改变上司；二是他的方式错误，他采用了向上司说教的方式来实现目标。他的目标和方式似乎都有问题。因为改变他人是世界上最难做到的事情，更何况那个人还是自己的上司。

包不同想改变上司的三观和想法的目标不是不能实现，我们也不必因为包不同而有了错觉，认为即使上司有错、三观不正，我们也连说都不能说。只不过解决问题的方式要好好琢磨一番。比如说，遇到类似包不同的情况，当自己不认同上司的三观和方案时，那么你至少要提出一个比领导的那个更好、更具有可操作性的方案。光凭一张嘴和一腔赤诚，上司自然不会坐下来洗耳恭听。如果包不同当时能给上司排忧解难，找到一个好方案，那么说服上司并争取到上司的三观重新与自己合拍，就有相当大的把握。可惜的是，包不同并没有能力找出一个有效的方案。

围绕这个毫无把握的目标，包不同使用了一个完全无效的方式，

像唐僧一样碎碎念地给上司上了一堂思想政治课。当然，然后就没有然后了。

包不同的故事里，除了他本身的职场情商有待提升，同时他高估了自己的影响力，以为凭自己与上司的交情和自己的忠心，一定能让上司改变想法，重塑三观。他没有意识到他的上司要面子，而且他显然也不了解上司慕容复的为人——明明就是一个心胸狭隘的人。

现在，请我们再次回到"跟上司三观不合时怎么办"这个职场问题的解决方案上。如果没有赢得上司信任的绝对把握，那就用常规套路：要么改变自己，要么辞职。

改变自己，让自己的三观向上司的三观靠拢，去适应上司的风格。对，山不过来，你就过去嘛。比方说，上司喜欢C罗你喜欢梅西，那么，你索性改成喜欢C罗。以这种方式达成三观一致，看起来仿佛你随时就会成为墙头草，上司喜欢怎么做，你也只能绝对支持，并且给自己洗脑："上司的安排是对的。"但是以包不同的性格，选择这条路似乎很难。

辞职，去找与自己三观一致的领导，这样你就不用总觉得自己太分裂。看看人家丐帮帮主乔峰，跟大家三观不合时连帮主的位置也可以说辞就辞。后来跟辽国准皇帝耶律洪基一起轰轰烈烈地干事业，功成名就时感觉跟上司三观不合了，仍然很洒脱、很简单——辞职。当然，要先从现实角度来掂量一下自己，说辞职就辞职的后果你是否能承受。

最后还有一个折中的建议，如果你在改变自己和辞职两个方案中难以抉择，那么不妨换个角度来开导自己：如今是一个多元价值观的时代，职场也一样，大家求同存异就好，又不是相伴终身的伴侣和至交好友，何必强求三观一致？

黑木崖换届：
敏感时期里的识时务者

——

职场上，很多普通员工对身边的人事变动不甚关心，最多当个八卦事件在背后嘀咕，因为并没什么参与感，既不见得拥有投票机会，自己也不是候选人，所以无论换成哪个领导好像都无所谓。

这种想法有点儿危险。职场中这种"事不关己，高高挂起"的消极态度背后，真相常常是你甚至都不知道自己"在场"。因为每一次人事变动其实都可能引发一场蝴蝶效应，谁知道会不会引起未来哪个环节的变化，谁知道会不会对你的工作带来什么影响。

正所谓"一朝天子一朝臣"，再加上"新官上任三把火"，新的领导总会有新的管理方式、工作规划和评价体系等。所以，像关注天气预报一样掌握公司的人事变动，在获知人事变动信息后，未雨绸缪，及时去调整自己的工作方式，将自己的能力向新的标准靠拢，这样才能符合新的评价体系，在新的管理模式中仍然得心应手。职场上，能做到关注形势变动、有应对策略的人，我们姑且称之为"识时务者"。

在滥竽充数的故事中，南郭先生碰上的前后两任领导——齐宣王和齐缗王，他们的工作方式就完全不同。如果南郭先生事先就了解清楚，至少还有机会去努力留下来，而不是被直接淘汰掉。显然，南郭先生不算"识时务者"，不能与时俱进。

《笑傲江湖》中，黑木崖大集团（也就是日月神教，总部位于黑木崖）的高层激烈震荡过两次，一次是前任CEO任我行被下属东方不败悄无声息地发动"政变"赶下了台，另一次是若干年后前任CEO东山再起，将位置、权力又夺了回来。这就给黑木崖集团的员工们带来了两次机会。不同时期有不同的新领导，那些有想法、有执行力的员工就抓住了机会，适应了新领导，并赢得了信任。

这样的大变动，对有些人而言是机会，对另一些人而言可能是过不去的坎。黑木崖集团里的普通中层——秦伟邦在第一次领导换届时，就趁机得到了一个绝佳的机会。他向新任领导东方不败展示了自己的忠诚和才干，赢得了关注和信任。果然，他从普通的中层干部——江西青旗旗主慢慢地升到高层，成为十长老之一。但是也有很多人在这个时期失去了获得新领导信任的机会，比如向问天，被新领导当成前任的人而提前淘汰掉了。

如何像秦伟邦那样找到合适的时机，去赢得新领导的信任，这肯定需要技巧。因为在职场上，但凡想要做点儿什么来争取更多的发展可能性，自然就要去想、去做，什么都不做的话，是不会有任何机会的。

别说找不到机会，在有准备的人眼里，处处是机会，没机会就要努力创造机会。其实，员工们在急于找机会，新领导一样也是在找机会。他们要争取民意支持率，要找人干活儿，要对自己主管的领域有掌控感，必然会为员工们创造出无数机会来。比如，空降来的领导上任后通

常会摸底，会对中层或基层员工做一对一谈话或者开大会、小会。内部提拔上去的新领导，因为角色发生改变，总会有一些仪式感的流程。这些都是机会。

黑木崖集团CEO任我行东山再起的前夕就亲自走访了很多员工，摸清情况。在不同的约谈中，但凡向任总表达了能继续跟随他一起干事业的人，任总基本都持开放的接纳态度。

有的人担心公司太大，自己虽然有心去积极争取，但又觉得自己能力不强、位置不高，自己做什么领导也看不见。就像在黑木崖这种大公司里，新领导日理万机，基本上只亲自约谈了一小部分中层干部，而那些类似前台或者秘书的紫衫侍者们，做保卫工作的执戟武士们，似乎根本没有机会跟新领导说话。但是，万一哪天在公司门口、电梯里碰到了，新领导问起一句："小伙子，你来公司多久了，是哪个部门的？"你也得学会在几秒钟里迅速营销自己，给新领导留下好印象。

当然，也有人尊重自己的原则，信守自己的道义，忠于前任领导，对新领导始终抱不合作的态度。还有人会挑起事端，去反对新领导。换一般人，估计借十个胆给他也不敢这么做。但是保不齐这种人会自视甚高，总觉得新领导还不如自己聪明。这样对着干的结果肯定不会乐观，就像似乎始终支持前任领导的向问天，跟东方不败不可能在一起共事。

而大多数普通员工呢？他们既没有第一种人的忠义，也没有第二种人的野心和折腾，他们对各种人事变动抱着"爱谁谁"的心理，担心最多的不过是"新官上任三把火"，万一原来申请成功的项目费用又要重新审核了怎么办，原来通过的项目方案取消了又该找谁哭诉去？

领导换届是敏感时期，掌握新领导工作方式上的喜好，并据此在技术层面做一番改善，这肯定还不够。新领导不仅喜欢用适应自己工作方式和评价体系的人，而且更喜欢用自己信任的人。新领导是人不是神，也需要职场安全感，而这个安全感来自他的下属们。如果他感知到的都是安全、信任和支持的信号，他自然就会定下心来抓工作，否则肯定会大动干戈地排兵布阵，将各个重要岗位换换血。

　　基于新领导的安全感需求，作为普通员工或者中层人员，除了在能力、工作方式上适应新领导，所谓"识时务者"还要主动跟新领导增进一下关系，多找点儿露脸的机会，在新领导面前推销一下自己的能力和创见，去赢得更多的信任，必然会对未来开展工作有所帮助。

别撞在
领导的枪口上

——

在职场上，公司有白纸黑字的各种制度，员工只要像小学生一样规规矩矩地背下来遵守，就能轻松保证自己不犯制度上的错误。但跟领导相处这种事情就没有任何参考，并不像高速公路上有各种醒目的指示牌，提示你如何行驶。所以，在领导面前，怎么说话、怎么汇报工作、怎么执行指示，才不会撞在他的枪口上，这都需要观察和分析，需要思考和总结，才能将撞枪口的可能性降到最低。

撞领导枪口的后果首先是自己不好受。轻则领导对着你半天一言不发，或者心里翻你一万个白眼、甩你一千把刀子；重则直接向你咆哮，或者不声不响地将你换了岗。《倚天屠龙记》中，峨眉派以"一姐"自居的丁敏君，撞在领导灭绝师太的枪口上，直接换来灭绝师太怒不可遏的几个大耳刮子，不仅疼，而且在同事面前很丢人。

谁都不想挨领导的大耳刮子，所以跟领导相处，大家都会谨慎地摸清领导的脾气再说话行事，尽量保全颜面，也保全自己在领导心目中的形象——别让领导觉得自己不靠谱、能力差。

话说撞领导枪口这种事情，对有些人来说是大概率事件，比如丁敏君；而对另一些人来说却是小概率事件，甚至完全是零风险。同样是峨眉派，同样是那个脾气令人捉摸不定的领导灭绝师太，周芷若怎么就不会挨那个大耳刮子呢？每次都能避开领导的枪口，这是千锤百炼出来的功夫啊。

我们来看看高概率撞枪口的丁敏君是怎么经常暴露在领导枪口下的。

有一次，丁敏君和其他同事一起跟着领导灭绝师太去参加活动，这是领导策划已久的一场战斗——六大门派围攻魔教。在半路上，领导遭遇魔教高管韦一笑的沉重打击。对于争强好胜的灭绝师太来说，输这件事情本身就令人恼火了，更何况，灭绝师太输得很惨的一幕被员工们看见了。这对谁来说都不是什么好事，一方不想被人看见，另一方不想看见。这种时候的灭绝师太简直就是一吨炸药，谁接近都可能把谁炸得粉身碎骨。在职场摸爬滚打多年的人应该都知道，此时此刻最好装作什么也没看见、没听见。

看到领导出的洋相，峨眉派员工都不知道如何是好，走也不是，不走也不是，只能一个个呆若木鸡，好像集体失明、集体失语了。谁都害怕成为引爆领导的人。这时候，老员工丁敏君却大无畏地凑到领导跟前，其他人看得胆战心惊，只听她说："他便是不敢和师父动手过招，一味奔逃，算什么英雄？"话音刚落，灭绝师太"哼"了一声，突然间"啪"的一声，打了丁敏君一个大耳刮子，并冲她咆哮起来。

我们可以想象，丁敏君在这种低气压里还能勇敢地凑上去，目的自然不是去撞枪口、"送死"，而是以为自己有能力为领导分忧解难，能四两拨千斤。可惜她用错了方法，把领导的智商看低了，以为随便一句

贬低对手的话就能哄领导开心，所以，领导对她火山爆发是必然的。谁让她撞枪口上了呢？

丁敏君撞上枪口的事件不止这一次，她通常希望自己能抢夺先机，因为太急所以忘记提醒自己：祸从口出。而前面所说的避免撞枪口的一些必需技能，如观察和分析、思考和总结，其实最大程度上就是遇到事情时先冷静，不要急于出牌，一切准备工作就绪后再说。

跟丁敏君形成鲜明对比的，就是那种因为小心驶得万年船、从不出错的"老司机"，比如桃花岛弟子陆乘风（见《射雕英雄传》），丐帮长老鲁有脚，以及丁敏君的小师妹周芷若等。他们的行事规则和习惯基本就是丁敏君的反面，所以几乎没有发生过撞领导枪口的事件。

你说这类"老司机"平时是怎么做到零事故的呢？来看看陆乘风。他的领导黄药师脾气也很臭，是出了名的不好相处，老朋友看着这样的黄药师都发愁，何况下属。而陆乘风精细聪明，说话行事时总是会小心地揣摩领导的心思。在一些关键时刻，他宁可不说话，也绝不逞能。

不要像丁敏君那样认为撞枪口是职场上不可预测的事件。尽管每个人都不是雷达，不能实时监测领导的情绪和想法波动，但有心人总会发现，一切皆有规律。循着这条科学的规律，完全可以将撞领导枪口的可能性降到最低。

有一次，黄药师要惩罚叛变的下属梅超风，命令她去做三件事情，说到第二件事情时，陆乘风在旁边听得心里一热：这件事情自己一定能做得比梅超风更好，如果自己抢着去做或许还可以在领导面前邀上一功。但陆乘风毕竟不是职场"小白"，仅仅在几秒钟里，理性的他就心念一转，迅速做好了优势和劣势的对比分析，推断出领导让梅超风做事的真实意图以及领导的心情指数……如果抢，有可能违背领导的意愿；如果抢到后又不小心失手了，就有可能引发领导的怒火，这些都是撞枪口的高风险因素。所以，他虽然蛮有把握，但最终没有去抢着表现，也避免了不小心撞在枪口上。

人在职场，与领导相处也是跟人相处，需要多换位思考，多揣摩领导的真实想法，说到底熟能生巧，减少急于表现的冲动，自然就能降低撞枪口的概率。

在领导面前说话
得体是加分项

——

职场上，大多数人需要靠业务吃饭，业务强才是硬道理。但是光靠业务还不够，我们还得有其他的加分项，比如会说话，尤其是在领导面前会说话，就是一个大大的加分项。

举个很简单的例子，如果你是个领导，假设两个员工的业务能力等硬性考核指标上得分不相上下，但是一个明显口才好，在你面前说话分寸得当，你会更倾向于重用哪一个呢？当然会说话的人更能给人留下好印象，更容易让人产生信任感。一个说话期期艾艾或者说话不得体总能让你气着噎着的人，难道更会被领导委以重任吗？不会。

也有人说，嘴笨如郭靖大侠不也可以事业有成吗？他的加分项看起来似乎可有可无。我们都知道郭靖大侠不仅语迟，而且一辈子都是说话不利索，更别指望他能说出讨人欢喜的话了。好听的话让人如沐春风，可让郭大侠说出来，就直接变成冬天寒风和夏天热风了，总让人别扭。别说黄药师这种挑剔鬼听了心烦，就连正直朴实的洪七公也会急得想脱了鞋子打他。只有黄蓉情人眼里出西施，能耐心地听郭靖说话，听到他说出不妥当的话，也并不多心。可也不怪他，郭靖曾经是笨得让妈妈和老师都哭了的孩子啊，那时候又没条件报培训班去提升口头表达能力。

问题是郭靖是极少的个例之一，不具备可复制性。现实生活中的我们未必有他的运气，也很难像他那样有勤学苦练的行动力。人家虽然嘴笨，但业务能力超群，瑕不掩瑜。普通员工在领导面前不会说话，汇报个工作也是期期艾艾，抓不住重点，就算业务再强，仍然会是那个不受待见的职员，涨薪、升职等好机会几乎都落不到头上。慢慢地，随着年纪的增长，原先初生牛犊不怕虎的闯劲儿退去后，在职场的存在感便越来越弱。

常言道，情商高就是会说话，什么叫会说话？不是能滔滔不绝地说就叫会说话，而是说话让人觉得如沐春风，能说到点子上，这才叫会说话。

黄蓉的业务能力远远比不上郭靖，既不会降龙十八掌，也学不会左右互搏术，但是在说话这一点上，黄蓉远比郭靖高明，比她爸黄老邪也要高明得多。因为黄老邪虽然聪明却清高自傲，很难说出让别人舒服的话来，不是一次两次地惹怒旁人了，好在他除了不会说话，有很多大家难以企及的大本事，不然谁会待见他呢？

黄蓉会说话，是有高情商和高智商支撑的，在初遇丐帮前任帮主洪七公时，她就给洪七公留下了好印象。黄蓉见到洪七公的手指头缺了一根，立即心头一凛，猜测他就是江湖传说的九指神丐，于是收敛了平时爱笑、爱玩闹的脾气，客客气气、斯斯文文地说话，洪七公自然觉得她有礼貌、懂事而心生好感。

得知洪七公对自己父亲有所忌惮和戒备，黄蓉很巧妙地设计了一套说辞，借父亲的名义对洪七公狠狠地恭维了一番，"我爸很佩服

083

你""我爸说你武功高"，而且编得情真意切、煞有介事，由不得洪七公不信。黄蓉深知，这都是送给武林大宗师最好的高帽子。除了这番说辞，黄蓉还拿出了她御厨级别的厨艺绝技，每天换着花样地给洪七公送上大餐。洪七公吃了人家的嘴短，也只好左一路逍遥游，右一路降龙十八掌地教黄蓉和郭靖功夫。

最让人觉得厉害的是黄蓉对很多事情拎得特别清。虽然她是被黄老邪宠坏的熊孩子，并没有太多规矩和礼仪，还常常任性蛮不讲理；有时甚至目无尊长，忤逆地叫郭靖的三师父韩宝驹"矮冬瓜"，骂丘处机是"牛鼻子道士"，但她却可以在洪七公、一灯大师这些大人物面前秒变成一个斯斯文文的好姑娘，能收敛起自己的小性子，知道有所为有所不为，该说什么、不该说什么自然也是门儿清。

她后来有几次试探洪七公，确认了自己的小聪明在洪七公面前行不通，从此，便踏踏实实地在洪七公这里学本事，踏踏实实做人做事，绝无半点儿花招。也正因为如此，黄蓉最终赢得了洪七公的信任，在花季般的年纪便担起了丐帮帮主的大任，而且一干就是十几二十年。试想，拥有数十万之众的全国第一大帮派的CEO竟然是一个初出茅庐的花季少女。

很多人或许认为在领导面前会说话就等于会阿谀奉承，这是以偏概全。毕竟，天下的领导不是个个都像星宿老怪丁春秋那样，成天听手下的员工们溜须拍马；也不是都像日月神教的东方不败那样，每天必须得听着员工们山呼万岁。如果是那样的企业，碰见那样的领导，最好趁早拜拜，待久了，除了长长阿谀奉承的本事，根本长不了自己的核心竞争力。

　　职场是一个复杂而微妙的特殊环境，尽管不会像很多人想象的那么暗黑，但是话又说回来，即便像郭靖那样有强大的业务能力，但在领导面前不会说话，向领导汇报工作、提建议时非常吃力，到底还是硬伤。如果能有郭靖的业务能力再加上黄蓉的口才，在职场上取得成功还会远吗？

当领导跟你说
"我是为你好"

——

"我是为你好。"这句话在生活中很常见，也很耐人寻味。什么情况下说者需要向听者强调这句话呢？大概是对听者说了些让人不太能接受的话，出于澄清的意图，才会强调自己的出发点是"为你好"。

对人强调这句话总脱不了"欲盖弥彰"的嫌疑，如果这句话前面说的那些真是为他人好，听者只要不是太蠢，心里难道就没数吗？又何必说者反复强调呢？薛宝钗只是掏心掏肺跟林黛玉说女孩子要怎样怎样，在大观园里要注意什么，遇到困难尽管去找她，并没有说出："林妹妹，我是为你好。"但林黛玉心悦诚服地跟她表达了："宝姐姐，你肯教我，这是为我好哇。"

同理，在职场上听到领导语重心长的一句"我是为你好"，难免让人揣测领导的动机和目的究竟是什么。是不是为我好，也得由我自己来判断，感受是自己的，并不能由权威说了算。在职场上没有足够安全感的人，就更容易以受害者心理进入应激状态，认为领导越这么说越值得怀疑。

"我是为你好"这句话确实很难洗白，它本身多少就有着"难辨真假""欲盖弥彰"的属性，所以不能不让人心生警惕。

古往今来，总有些领导会故意做某种姿态。比如，曹操连袜子都顾不上穿就去迎接他所器重的下属，力求自己时刻符合那个"求贤若渴"的人设。刘备既能三顾茅庐请诸葛亮出山，也能时不时流着泪手拉手地跟下属说话。

《笑傲江湖》中的令狐冲在华山时期，特别喜欢听领导岳不群对他说："我是为你好。"每每这时，他的心里总是满满的被宠爱的幸福感。领导让他干什么，他都干得非常欢。因为令狐冲是全身心地相信领导，认为领导是真的为自己好，并经常做着美梦：将来领导会让他接掌门人的班，甚至还会将女儿嫁给他。事实上，领导没跟他有半句承诺，甚至连暗示都没有过。

岳领导表达"我是为你好"的意思时有很多技巧，表达方式也不一样。有时和风细雨摸着令狐冲的头说："我是为你好。"有时候暴风骤雨地责备令狐冲，表达的意思也是：我是为你好。

令狐冲跟人学了独孤九剑，业务能力越来越强，这不也是为单位增光添彩的事情吗？但没想到岳领导的见解完全不同，大骂了他一通之后又语重心长地跟他说："你这个资质性子，很容易走上这条歧途。我今天给你当头棒喝，话是说重了一点儿，但确实希望你从此转过弯来，回归正途，这也是为你好啊。"

令狐冲根本不具备批判思维，凡是他所信任的领导说的，他从来不怀疑。至于领导说"我是为你好"的动机和目的是什么，他从来不去动脑子想。只是被这句"我是为你好"感动得流泪，想着多亏了领导及时

拯救，否则后果不堪设想，稍不留神就可能成为本单位的罪人，当真是危险至极。令狐冲的事情在其他职场人士眼里，压根儿就不是什么大错。

《倚天屠龙记》里，峨眉派纪晓芙的反应就完全不同，即便是她一向尊重爱戴的好领导跟她说"我是为你好"，她也会在心里细细思考一遍：这句话背后到底有什么用意，是真为我好吗？她可不是职场菜鸟，在峨眉派历练多年，灭绝师太为人严峻，从不讲情面，同事中又有丁敏君这种刁钻、心狠的长舌泼妇，她对人情世故、职场冷暖心中非常有数。

领导希望她出卖爱人手中的资源，于是打着"我是为你好"的旗子给了她职场指导意见：你虽然犯了大错，但是如果你去利用利用你爱人的资源，这个错不但可以被原谅，我还会提拔你当下一任掌门人。纪晓芙不盲从、不轻信，心里对这个职场指导意见和背后的价值观、动机有着自己的判断。就算领导一再触犯她的底线，将她逼到死角，她仍然不屈服。

《笑傲江湖》中，东方不败在日月神教尚是副教主时，也曾有一次听领导跟他说"我是为你好"。领导拉着他的手亲切地说："兄弟啊，你好好干，等我退休了，你就接替我的位置。现在呢，我手上有本教的业务秘籍《葵花宝典》，这是历任CEO才有资格看的书。我提前交给你，可别辜负了我的期待哦。"拉完手后，又给他一个属于兄弟之间的爱的抱抱，既亲切又诚恳地表达了"我是为你好"。

东方不败尽管知道领导不过是在笼络他，但没想到领导的为他好，竟然是铺满鲜花的巨大陷阱，领导居然把江湖上人人都想要的秘籍《葵花宝典》就这样交给了他。东方不败后来篡夺了领导的职位，《葵花宝典》就是"大功臣"。但想不到的是，这个位置最后又被前任夺回去，也是因为《葵花宝典》。他的人生，算是"成也《葵花宝典》，败也

《葵花宝典》"。最可悲的是，这一切全都在前任领导"我是为你好"的算计之中。

令狐冲、纪晓芙和东方不败所遭遇的是同款陷阱——领导说："我是为你好。"这句话包含了很多意思，它不一定都是风险，也有可能是机遇。至于到底是什么意思，你可以根据领导的说话目的、你们之间的关系，以及具体的语境而定。

确实，它存在两种可能性，一是大家所害怕的糖衣炮弹，是虚情假意；二也可能是推心置腹，温暖真诚。但我们犯不着一棍子打死地做个结论：职场上但凡听到这样的话，都要不惜一切地去否定它。

我们为什么会害怕这句话，并常常因此草木皆兵？最根本的原因还是我们的职场实力不够强大。如果我们是乔峰，大概也不会把注意力放在判断领导这句话的意图上去。你是不是为我好，你究竟为了什么目的，这都不重要。重要的是，我知道怎么做是为自己好，而且我接这个活儿也并不难为自己，轻轻松松就可以搞定了。汪帮主在考核乔峰时出过许多刁钻的题，给过许多常人难以完成的重大任务，而乔峰哪次不是痛痛快快地领了任务就走呢？

与戏精领导
"愉快地相处"
——

　　"我的领导是戏精，我该怎么办？"要找到这个职场问题的答案，推荐先去看华山派令狐冲（见《笑傲江湖》）在"某乎"上的高赞回答："有一个戏精领导是怎样的体验？"他分享了十几年与戏精领导相处的职场经历，让那些有同样困惑的职场人士产生了深深的共鸣，或许从他走过的弯路里，能悟出几番道理来。

　　在今天，"戏精"也不是百分之百的贬义词。我们说领导是戏精，开大会小会时演，安排工作时演，接待客户时演，跟下属的日常寒暄时也在演。而身为员工的我们呢，何尝又不是在不停地演呢？演给同事看，演给领导看，演给客户看。到底哪一个才是真身，哪一个是扮演的角色，搞不好连自己也不清楚。

　　有人说，人在职场，没点儿演技哪里好意思跟新人说自己是资深前辈呢？有时候本事不够，演技来凑；有时候本事不错，还得靠演技来锦上添花；有时候没有本事，就纯靠演技撑起职场的进度条了。

　　既然是频出"戏精"的时代，那么在职场上遇到个别戏精领导，那还有什么压力呢？只要学一些方法就可以有效地鉴别领导是不是戏精，并且能帮助自己愉快地应对戏精领导。

来看看华山派令狐冲的戏精领导——掌门人岳不群。这个领导的颜值高，常常能让人产生良好的第一印象。再加上他有不错的业务能力，在业界也算是有一点儿影响力，所以江湖上称他 "君子剑"。这样不管认识的人还是不认识的人，对他都凭空增添几分好感和信任。如果被人起个外号叫"四大恶人"，怎么也是让人敬而远之了。岳不群在单位很受下属们爱戴，几十个弟子都将他看成人生导师、精神偶像，令狐冲就是其中的典型代表。

岳不群在整个江湖上，除了那些死对头骂他是"伪君子"，其他人都对他很有好感。比如说，他出席江湖人士刘正风举办的记者招待会时，他的风度和胸襟就赢得很多人的赞美。在面对有私怨的对头时，能不计前嫌，客气地说话，在碰见那些草根习武人士时，他既不傲慢也无偏见，能一视同仁。

岳不群是个读书人，特别会讲道理。在刘正风的记者招待会上，岳不群还苦口婆心地做了一番关于《正人君子应该有所为有所不为》的长篇演讲。在场的一众人等听得醍醐灌顶，心里暗暗叹服，觉得像是免费享受了一场精彩的人生思考课。

那么，一个如此完美的岳不群是在演戏吗？在明白人生问题之前的令狐冲是岳领导的第一弟子和头号粉丝，那时候，他肯定不相信领导是戏精，并没有看出领导人前人后不一样。他打心眼儿里热爱领导，每当看到领导，都觉得领导全身都在发光，每次听完领导演讲后都半天合不拢嘴，心里别提有多自豪了：我何德何能，跟了这么优秀的一个领导。

跟对人才能做对事啊！

人在职场，领导的类型千千万万，碰上戏精领导，找对相处模式，那就跟面对其他某一特别类型的领导并没有什么区别了。但是，如果你都不能识别自己的领导是哪种类型，甚至把A类型和B类型混为一谈，这就会有点儿麻烦。因为面对不同类型的领导，我们需要不同的相处技巧，这样才不至于蒙着双眼在职场上误打乱闯，才不至于撞在领导的枪口上，才不至于让自己接二连三地受到损失。

不客气地说，令狐冲进职场初期是个盲目的人。职场上，我们对于他人的评价应该尽可能客观，要摒弃感情因素，但令狐冲没有做到。所以对领导的盲目崇拜导致他根本识别不出领导的戏精属性。既然是戏精属性的领导，必然事事都喜欢带着表演的成分，很多呈现出来的东西都不是真的。比如令狐冲以为岳领导对他特别爱护，会提拔他，但这些后来都被证明是他自己的错觉。

正因为盲目，令狐冲在职场上与戏精领导相处十几年，才会一次次遭受信任危机和排挤。最初，令狐冲接受了风清扬的业务训练，突然业务能力大增，这让戏精领导岳不群的心里有了芥蒂；但令狐冲从未能通过现象看本质，一而再再而三地遭受职场上的打击。岳不群的人设在令狐冲的心中始终没有崩塌过。

令狐冲即便是在被戏精领导岳不群开除后，仍然对岳不群抱有极大的信任。虽然感到委屈，却不愤怒，满脑子想的是他做错了什么，从来没有怀疑他的领导有什么问题。多年后，他才慢慢地看清并接受华山派岳领导的君子风范不过是表演出来的人设。

因此，学会如何与戏精领导相处的第一步应该是具备识别戏精领导

的能力。戏精领导和其他领导大不相同，用错相处技巧，后果就严重了。比如你面对洪七公那样一个务实的领导时敢跟他演戏？他拎起打狗棒一棒打蒙你。老老实实地做事情，老老实实地向他汇报工作和谈你的工作计划吧，别耍花招。他安排你做的事情，你就放心去执行，无须花时间与精力去琢磨他背后的动机。

只要识别出自己的领导是戏精，他所说的话、所做的事情，你就要去多想一想，他到底是哪个意思。他说"你真棒"的时候，你未必真的棒；他说"我是为你好"的时候，他也未必真是为你好。

戏精领导在职场上，究竟靠演技支撑着他的什么企图？掩饰他的野心，掩饰他的能力不足没有安全感，还是掩饰他所犯过的错误？令狐冲如果很早就能意识到戏精领导用演技想掩饰的东西，那他至少应该学会韬光养晦，不要引起领导的猜忌。

想通这些，才能做到与戏精领导"愉快地相处"。毕竟人在职场，身不由己，不能因为跟戏精领导三观不合，就任性地辞职。戏精领导拿他的"奥斯卡表演奖"去，你作为吃瓜群众对他说的话和他的行为，要有清醒的判断，做好自己该做的工作。

职 场 点 拨

1．职场上，什么时候该唱主角，什么时候不该唱主角，要熟练掌握分寸。明明在工作中出了力，也立了汗马功劳，如果因为细节处理不当引发上司的疑心，就得不偿失了。

2．如果你在改变自己和辞职两个方案中难以抉择，那么不妨换个角度来开导自己：如今是一个多元价值观的时代，职场也一样，大家求同存异就好，又不是相伴终身的伴侣和至交好友，何必强求三观一致？

3．作为普通员工或者中层人员，除了在能力、工作方式上适应新领导，所谓"识时务者"还要主动跟新领导增进一下关系，多找点儿露脸的机会，在新领导面前推销一下自己的能力和创见，去赢得更多的信任，必然会对未来开展工作有所帮助。

4．人在职场，与领导相处也是跟人相处，需要多换位思考，多揣摩领导的真实想法，说到底熟能生巧，减少急于表现的冲动，自然就能降低撞枪口的概率。

第 四 章

要人缘
也要边界

职场上，没有边界的人缘是危机四伏的人缘，没有人缘的边界是合作路上的障碍。保持距离，消除敌意，把同事变成最好的合作者。

丁敏君为什么永远成不了
同事眼中的"自己人"

——

对于职场人士来说，每天相处时间最长的不是父母、爱人，而是同事。可以想象如果每天都在跟同事钩心斗角，每天肾上腺素都在紧张分泌，这压力得多大。虽说同事之间最好不要有太深的个人交情，但是掌握好社交分寸，维持一种和平相处的状态，让自己成为同事眼中的"自己人"却是非常重要的。这也称得上是职场的重要一课。

掌握好这重要一课，不仅能帮你轻松自如地处理与同事的关系，也会让领导觉得你是一个合作型的人，能处理好同事关系，那么跟客户、领导相处的能力也可以预期。如果正好你的业务能力还不错，领导或许还会觉得可以提拔你当中层，因为你人缘好，总比那些恃才傲物、不受群众待见的人要合适得多。

《倚天屠龙记》中，峨眉派丁敏君从入职第一天起就不知道搞好同事关系的重要性，她尽管熬成了老员工，但没有积累出半点人缘。她一路努力奔跑着，热切地追逐权力，想当中层，还想进入门派领导班子，但一年年过去后却悲哀地发现自己无数次当了他人的陪跑。她怎么也想不明白，为什么领导不愿意选择自己，为什么大家不愿意支持自己。

丁敏君在起点上就错了，在格局上就输了，所以后面做什么都很难做对。要说她的起点并不低，进入峨眉派的时间比较早，一开始还是掌门人灭绝师太比较器重的弟子，在领导面前是说得上话的。如果论资排辈，她曾经排在纪晓芙和周芷若前面，可谓"峨眉一姐"。丁敏君既然有这样的起点，如果略微分点儿心思在打造良好的同事关系上，对人少一点儿刻薄、多一分真诚，不难赢得小师妹和同事们的尊重和欢迎。但很明显她不稀罕这么做，她发自内心地嫌弃所有同事，嫌这个笨、那个弱，嫌这个是新人、那个没能力，仿佛跟任何一个同事来往都会拉低她身份、浪费她时间，于是她不假思索地选择了压制新人、排挤同事。

在一个公司里，老员工欺负新人不算新鲜事。哪里有新人，哪里就有压迫。我们谁不曾是职场新人，谁不曾小心谨慎地看过公司老员工的脸色，谁不曾在无力反抗的阶段只能天天腹诽丁敏君这种人一万遍？

欺负和为难一个新人的手法有很多，丁敏君运用得最熟练的方法是嚼人舌根、抖人隐私。丁敏君所用的招数可比那些在老员工中流传的"如何阻挡新人的晋升之路""如何防止新人成为你的领导"之类的职场秘籍过分多了，对这一点每个新人都很清楚。

纪晓芙不过是丁敏君欺负过的新人中的一个。一开始，丁敏君不过是指挥纪晓芙做这做那，耍耍老员工的威风而已，并没有把纪晓芙放在眼里。可是丁敏君慢慢发现，纪晓芙不简单，不仅在晋升、涨薪的路上大踏步向前，而且发展势头迅猛，领导退休后要让位给纪晓芙的意思也很明显。对于敏感的老员工而言，这是个很不好的信号。丁敏君这时再去围追堵截，哪里还能赶得上？她的心里何止不爽啊，简直想跳出来骂领导眼瞎。她当老员工这么多年，凭什么不能做接班人？凭什么一个才入职几年的新人，就要越过自己的位置？

丁敏君的智商、情商未必在线，但她的口才在峨眉派里绝对少有对手。"有女长舌利如枪"，就是说丁敏君的长舌如投枪、如匕首，句句如刀，见血封喉。她看纪晓芙很不爽，于是夜不能寐，苦思良计。终于逮着一个可以扳倒纪晓芙的猛料了！她四处传播纪晓芙私生活的八卦，说纪晓芙劈腿，还给新男友偷偷生了一个孩子……她不仅去公司高层那里举报了纪晓芙有个人作风问题，而且还打算召集媒体"周一见"。然后，她还当着外人的面直接"撕"纪晓芙并且抛出了猛料，这一招直接把纪晓芙给逼哭了。

看到纪晓芙被拉下马，丁敏君心里简直爽爆了：你纪晓芙不是领导跟前的大红人吗？不是普通同事里的大好人吗？现在这件丑闻曝出来了，看你还有没有脸见人？还能不能嘚瑟起来？

纪晓芙最终退出峨眉派的舞台。此时此刻，作为一个积极上进、想要为公司奉献自己才华的老员工，丁敏君对峨眉派一把手的位置更是志在必得。很可惜，领导虽然听信她的建议后放弃了纪晓芙，但并没有因此而认可她，也没有半点儿要对她委以重任的暗示，下一任接班人的事情就一直拖着。

丁敏君只好耐着性子等。她想，这个位置终究会是她的，因为她分析过公司每一个可能的竞争者：跟她一样的几位老员工，一看就是那种绵绵软软、没有什么太大志向的。这种人她直接就忽视了。而排名靠后的新人们，资历一个比一个浅。这类人她是见一个收拾一个，总得让她们养成习惯听自己的话吧。

好吧，
我是过街老鼠。

　　对于丁敏君来说，有了纪晓芙事件，后来所有同事都成为她眼中的假想敌，于是她的时间与精力全都放在了监视同事的言行和揣测同事的心思上。比如，谁跟领导走得近一点儿，谁有什么言行，谁可能是自己的竞争对手。同事之间，你把别人当什么人，别人就把你当什么人。因此，在同事眼里，不管是新同事还是老同事，大家都知道丁敏君根本就不是"自己人"。就算是那些不愿意得罪人的老好人，也不想主动跟她走得近。所以，峨眉派的日常画风是：大家聊天聊得好好的，她一过来，大家轰地就散了；大家有空时一块儿约着外出玩，但从来没有人叫她一起去；每年年底的优秀员工评选，也没有人愿意将宝贵的一票投给她。

　　丁敏君很尴尬地成了峨眉派里的孤家寡人，却从没有意识到问题出在哪里。一个完全得不到同事信任和支持的人，领导又怎么能轻易将重要位置交给她呢？不知道又熬了多少年，丁敏君突然发现，尽管自己在严防死守峨眉派每一个可能的对手，但仍然是按下葫芦浮起瓢。她完全没有发现，居然有一个资历非常浅的小姑娘——周芷若隐隐又成了领导的重点培养对象。丁敏君慌了阵脚，开始想方设法地打压小姑娘的上升势头。但周芷若可不是当年的纪晓芙，她温和沉静、乖巧听话，不仅领导喜欢她，而且同事们也都把她当自己人。领导提拔她时，同事们也都愿意支持她，因为支持她总比支持敌人要令人放心吧。

　　所谓"智者示弱，傻瓜逞强"。周芷若不慌不忙地接住了丁敏君毫无风度的打压，静待时机，最终反超了丁敏君，担任了峨眉派掌门人。低调的新人周芷若和张狂了十几年的丁敏君之间输赢既定，老员工丁敏君自此不知所踪。对于周芷若来说，这就是一场"谈笑间，樯橹灰飞烟灭"的战争。对于丁敏君来说，这场战争自始至终就是错的。

保持距离，
小师妹并不总是天真的

——

　　提起"小师妹"，我们通常会产生一个刻板印象，觉得那一定是个形象俏丽、天真可爱、人畜无害的姑娘。对男性而言，"小师妹"还常常是个带有几分初恋情怀的词。这就真的是职场版的"傲慢与偏见"了。抛开情怀的滤镜回到现实中来，小师妹真的都是"天真可爱、人畜无害"吗？

　　看看单位新来的那个小师妹，她究竟是哪一款呢？是温柔善良的仪琳、刁钻机灵的黄蓉、稳重的程灵素、诡计多端的阿紫、不断改变的岳灵珊？或许哪一款都不是，她们可能更追求实用主义。比如，她们时不时来找你闲聊母校的一切，你都能预测出开场白后的第几分第几秒里，她便会把话题自如切换到工作上，问你怎样才能获得某个珍贵的培训机会，问你实习完毕后怎样才可以留在公司，问你某某领导有什么喜好……你懂这个套路：小师妹的重点不是谈母校、谈情怀，而是向你探信息、找资源、求帮助。

　　小说里也有很多厉害的小师妹，比如《天龙八部》里的阿紫，一般

人碰上她都会搞不定。说她世故肯定是世故，说她天真其实也还有天真的
一面。只不过，"天真"是她众多面具中的一种。等到她实力强大时，她
便可以开始为利益而战，直接撕开温情和天真的面具而向师兄挑战。在书
中，阿紫一边笑语盈盈，一边将一碗毒酒递给师兄："二师哥，怎么啦？
小妹请你喝酒，你不给面子吗？"作为阿紫的师兄，打死也想不到自己一
向照顾着的天真小师妹，有一天会为了利益而不惜与自己为敌。

比如《射雕英雄传》里智计百出的小师妹黄蓉，在危险时分，对师
姐亲热中又带着威胁的意味，狠狠地利用了师姐梅超风的桃花岛情怀，
让师姐出手助她，共同对抗敌人。等敌人下线、问题解决了，师姐的价
值已经用尽，小师妹翻脸比翻书还快：我跟你三观不合，咱俩还是桥归
桥路归路吧。作为黄蓉的师姐，梅超风虽然明白自己会被她利用，但克
制不住心底的情怀；明知道帮小师妹很麻烦，还是不计成本地帮下去。

这些落井下石后还把井盖牢牢盖上的小师妹，这些过河拆桥后扬长
而去的小师妹，是不是都太厉害了？虽然是新人，可人家比你这个职场
资深人士其实更资深。没有人会说，职场混的年头长了就一定是资深人
士，初入职场的人就一定是菜鸟。时间不能说明一切，只有那些有目标且
刻意练习过的人，才能快速地获取职场经验，稳妥地把握住职场命运。

职场上大家都要生存，不管是初入职场的小师妹，还是混了多年的
资深人士。如果"天真"这样的新人标签会导致他人的不信任，会遭遇
到打压和排挤，相信小师妹们很快就会锻炼出来，揭下标签只是时间问
题。但如果在一个公司里，"天真"的标签反而能带来制度上的倾斜，
带来一些热心人的关爱照顾，那么她们又何必急于撕掉这张标签呢？所
以，我们在职场上所看到的那些小师妹，到底是真的天真，还是为了获

得关照而坚持每天戴着天真的面具呢?

每个人都有自己的目标和价值观,有的小师妹虽然职场阅历不深,但特别明确地知道自己要什么,也特别懂得借势,去向周围的人获取资源和求得帮助。我们可能跟她三观不一,道不同可以不相为谋,没必要拆穿真相,也没必要进行道德评判。只是在跟这些小师妹相处时,最好只保持友好、安全的社交距离。我们既然不想认同,就无须甘当人梯,以防自己掉入坑里。如果是举手之劳的友情帮助,那么无须吝啬,帮了就帮了,不要在乎回报——明知道她们也可能不会回报。

俗话说:防火防盗防师兄。其实师兄们也有委屈,掉进小师妹"天真"的坑里,把自己卖了还帮着小师妹数钱的大有人在。《笑傲江湖》中的令狐冲就是这样的好师兄。

令狐冲早年职场不顺,领导左右看他不顺眼,这些他都能无所谓。他对小师妹岳灵珊言听计从,小师妹求他帮忙,他没有不答应的。面对天真烂漫、成天撒娇卖萌的灵珊小师妹,令狐冲显然没有意识到,小师妹曾经是天真的,但不代表永远天真,她也会变,变得会猜疑和挖苦,变得将好心当成驴肝肺。

像令狐冲一样把小师妹想得很简单的大有人在,觉得小师妹还是个新人,没什么实力,又那么天真,怎么可能会挑战自己,又怎么可能威胁到自己。在他们眼里,那些软萌的小师妹们似乎只会喜欢化妆品和包包,而对职位、薪水没有任何野心。因此,他们甘当人梯,处处帮助和维护小师妹。

但是职场上过于热心地帮助别人,有时反而看起来像是有所企图,别人会想你令狐冲是觊觎小师妹这个人,期待小师妹的知恩图报,巩固你在公司的地位，对你的发展有利。这样，你原本的一片真诚和好意就被滥用了，费力又不讨好，掉进坑里还不容易爬上来。

有个在国企工作的朋友，手上有一点儿人事权，有一年单位来了个实习生，恰巧是他的同门小师妹。小师妹特别会来事儿，实习期快结束时，小师妹便苦求他帮忙，希望能留在这家单位。善良的朋友顾念同门之谊而慷慨帮忙，小师妹不仅得以留在这个单位，还解决了户口。但没过半年，小师妹就悄没声儿地跳槽到一家有业务竞争的单位了，很明显这一切都是早早就规划好了的，只是这个规划并不包括知会师兄。这件事引起了单位的极度不满，单位根据合同起诉了小师妹，而这个朋友也因此受到单位领导的抱怨。

与小师妹相处，成为很多职场人士的"理智与情感"的两难抉择。有情有义不是坏事，但人在职场，非理性的情义可能会给自己的未来挖下大坑。切记，职场上规则第一。归根结底，小师妹虽然是过去的小师妹，但在职场上的身份首先还是你的同事。同事之间相处，既远不得也近不得。太远，人家会觉得你冷漠傲慢，不是自己人。太近，又容易失去边界而被人利用。职场上，师弟师妹年年都会有，把握不好相处原则，认那么多亲干吗？

程灵素的
职场"朋友圈"

——

好人缘在职场中不可或缺。它多少意味着某种程度的岁月静好，可以带来更愉快的合作机会，遇到麻烦时有人愿意帮忙，票选时也能妥妥得到人家的宝贵一票。我们希望被同伴认可，希望打造职场中的"朋友圈"，因为没有谁愿意成为峨眉派丁敏君那样的孤家寡人。

好人缘需要经营。同事相处中要宽容，得饶人处且饶人，这样才会拥有好人缘。宽容是美德，但宽容不是无底线的让步。无底线的让步就容易变成讨好型人格。讨好型人格不仅很累，而且并不能带来真正有效而健康的人际关系，那个永远温暖、永不生气、永远让步的人设早晚会崩塌。

在经营好人缘的过程中，宽容的分寸很值得讨论。举例来说，假如真的遇到有人背后给你使绊子、向你放冷箭，你要如何处理这件事情？你觉得这究竟属于"得饶人处"还是"不可饶人处"？

遇到这个问题，有人选择把仇恨写在脸上，"我与你势不两立"；也有人选择把仇恨放在心底，"君子报仇，十年不晚"。虽然可选的解决方案并不多，但也不至于非黑即白，从一个极端到另一个极端。《飞狐外传》里，程灵素选择的是第三种态度——宽容，并且在合适时机里巧妙地做了一次顺水人情。

你有没有想过像程灵素这样，面对那些对自己放过冷箭的人，仍然做到云淡风轻，挥一挥衣袖，作别过去的一切不愉快？很多人说，凭什么呢？原谅那些给自己挖过坑、埋过雷的人，不就等于多年的委屈白受了吗？当年，甲给我挖过一个坑，害得我没有评上职称；乙给我埋过一个雷，害得我损失了大单子；丙给我挖走了一个大客户，害得我几年没赚着钱。人情是你来我往，斗争也是"来而不往非礼也"，有恩报恩，有仇报仇。

有一种宽容是万般无奈下的宽容。别人动了你的奶酪，你虽然生气，但是你没辙。因为你既抢不回那块奶酪，也不敢得罪抢奶酪的人，所以你只好笑着说："正想送给您一块奶酪呢。"你以为这样就讨好了对方，以为对方会承你的情、念你的好，以为你们之间仍然有情义？当然，这都是自欺欺人。

程灵素肯定不属于这种无能状态下的宽容的人。要知道，她可是毒手药王的关门弟子，年纪不大，才智、胆气、格局却样样出类拔萃。药王年纪大了想退休，最终选了他心目中最优秀的小弟子——程灵素来继承衣钵，于是他不仅将全部本事传授给了程灵素，还把"药王门"这个金字招牌也交给了她。

药王门虽然不是江湖上实力最雄厚的大企业，却是巨大的潜力股，说不定哪天拉来风险投资，就可以上市扩大规模了。药王门的几个大弟子也算是行业翘楚，对企业未来多少是有判断力的，因为抱有很大期望，所以才没轻易离开，而是踏踏实实盯着公司CEO的职位，一盯就是十几二十年。

程灵素的师兄师姐们万万没想到，药王门会上演小师妹后来者居上的戏码，回头去看此前的政治斗争未免觉得简直像一个笑话，因为大家斗来斗去居然斗错了对象。于是，他们齐刷刷地调转头，空前团结地开始一致对付程灵素，想要将她赶下台。

然而，就在师兄师姐们重新改变斗争对象，仍然死盯着CEO这种简单目标时，程灵素早已经进入游戏的另一个赛道了。在这个赛道上，程灵素不仅可以轻松地搞好业务，管好药王门，而且还可以由自己带节奏，轻松化解师兄师姐们的刁难。更重要的是，在程灵素眼里，这些所谓的办公室政治与药王门事业相比，完全不值得一提。

师兄师姐们自以为熟读《鬼谷子》等各种权谋秘籍，自以为计谋奇绝、用兵如神，上演的却不过是各种"此地无银三百两"的"计谋"。程灵素很感慨：为什么别人家的师兄师姐都是精英，而自己只能遇见奇葩，简直想给师兄师姐们的联合智商充充值，只得看在同门情谊和师父的面上，不去计较，让他们以自己喜欢的方式去折腾吧。

胸有成竹的程灵素首先有着原谅对手的姿态，其次有无数原谅对手的机会，于是，在关键时刻她轻轻地一笔勾销了旧恩怨，还做了个顺水人情，帮助二师兄解决大麻烦：二师兄的儿子受了重伤，无人能治，而她是医术高超的好大夫。所以，她特意上门去帮二师兄的儿子治病，捎带着还用以柔克刚的态度给二师兄指点了人生，所有的态度都在这个指点之间。二师兄也并不笨，欠着师妹巨大的人情，心里瞬间明白——她不是干不掉我，而是手下留情。

换谁都觉得是"不可饶人处"，程灵素却胸有成竹地将二师兄的冒犯变成了"得饶人处"。所以，得饶人处且饶人嘛，这再轻松不过。因为在与师兄的竞争中，她是主场；在这种关系中，她处于掌控地位，进退都由她决定。

在职场上，如果有程灵素这样的把握，这种得饶人处且饶人式的顺水人情有两个好处：一则可以在同事中打造好的人缘，帮助他人有时就是帮助自己；二则可以借此在同事中积累起自己的人脉资本。不过，对于程灵素来说，师兄是否承她这个情，是否从此对她感恩戴德，是否从此唯她马首是瞻，都不重要。

程灵素不是讨好型人格的人。她胜过普通人的地方就是她具有职场高情商和魄力，面对同事挖的坑，她不但没有打击报复，反而选择了宽容，而这个宽容又不是一般意义的宽容。

逮着机会有仇报仇的人，不过是更基于眼前的好处的考量：报仇了，就不怕被别人说自己是窝囊废，也不怕自己会错失良机。然而，在这以牙还牙的过程中，虽然扬眉吐气了，但也可能从此将陷入跟对手互相斗争的死循环里。这些人或许永远无法理解程灵素不但原谅放了冷箭的竞争对手，而且还帮助对手渡过难关的行为，或许还会觉得程灵素放过报仇机会的行为很傻、很憋屈。如果能跳出这个局限，冷静地去看人与人之间的恩恩怨怨，再来看程灵素以德报怨对待师兄师姐的事，这不正是诸葛亮七擒孟获故事的翻版吗？

因为大家不在一个赛道上，因为程灵素的实力和内心都足够强大，所以才会将那些个人恩怨看得云淡风轻。就好像孙悟空和如来佛之间，孙悟空连博弈的资格都没有，如来佛又何须思考斗争输赢的事情？这样才支撑着程灵素轻松地做到宽容，做了一场顺水人情，而对方自然会明白，放过他不是因为灭不了他，而是不屑去灭。

　　三流的眼界和能力做不了一流的事情。要想有一天也能云淡风轻地解决同事间的争名夺利，能像程灵素那样得饶人处且饶人，那就先修炼自我和提升实力吧！

"老实人"
标签的好处
——

　　职场上，生活中，即使是老实人，也不乐意被他人贴上"老实"的标签。因为"老实"这个词及其意义相关的词如"老实巴交""憨厚""淳朴""实在"等，都对人不太友好，像是在冒犯和鄙视人的智商和情商。琢磨琢磨就知道这好比说你在社会上混不开，不灵光，不活泛。在很多人眼里，做老实人总是要吃亏的。

　　什么叫吃亏？有时其实很不好界定。在职场上你是多干了一些活儿，但在这个没有加班费凭空多出来的活儿里，你用心去琢磨了，可能得到了更多的回报，比如说提升了业务能力、开拓了客户资源。但是如果从短期的眼光来看，这绝对是吃亏了。因为你义务加班那天，的确是晚回家了，损失了在家休息、看书、追剧、敷面膜的时间。

　　什么叫吃亏？也看人的心态。喜欢攀比的人，工作上比别人的任务多一点儿就会嚷嚷不公平，凭什么自己要多做一点儿，奖金又不能多拿一分，多做就是多吃亏。同事之间相处，有时顺手可以帮别人一把，他也会不乐意地嘀咕：大家都有手有脚，为什么我要免费帮你做？

计较眼前利益的人未必会得到长期效益，甚至可能会失去人心或失去更多。不在乎眼前利益的人看起来傻，有时反而赢得了人缘。所以是不是吃亏，其实界限很模糊。

就像《射雕英雄传》里的郭靖，他够老实吧？而他的义弟杨康够聪明吧？在这个对比组中，老实人和聪明人究竟是谁吃亏了？要知道，老实人并不傻，只不过老实人的道德底线比一般人高，不会牺牲他人利益而谋求自己的利益，当然也不会一味地牺牲自己来成全他人，这么做的话就是滥好人了。

从古至今，书里书外，都有很多人会觉得，无论在职场上还是生活中都不要做郭靖那样的老实人，太吃亏了。郭靖在离开蒙古草原回江南故乡前，好哥们儿拖雷就提醒他，有些人说话常常不算数，你可得小心，别上了当。拖雷的担心可以理解，正如父母、朋友担心和告诫老实人那样，在求职时不要被那些虚头巴脑的骗子公司给忽悠了；工作中要小心，要踏实干工作，不要被那些处心积虑的人利用了。但拖雷不知道，郭靖这个老实人干了很多让人觉得傻的事。不过，郭靖并不傻。他这样的老实人，只不过宁愿自己多付出、少得到，也要让合作的人获取更多的利益。

郭靖刚出道，在张家口就被扮成小叫花子的黄蓉骗得团团转，当了冤大头，不但花了大把银子请黄蓉吃大餐，还把名贵的貂裘和汗血宝马送给她。如果是在职场上，那些聪明漂亮的女同事经常让你帮忙干这个、干那个，你最后是不是连自己的工作也只能加班加点才能完成了？这是吃亏吗？

郭靖在人生地不熟的京城见义勇为，出手相救卖艺父女，结果由于

实力悬殊而被人伤得不轻。旁人都忍不住替他后怕，万一遇到"碰瓷"组织或得罪黑恶势力怎么办呢？如果是在职场上，老实人不畏强权地为弱势群体挺身而出，而维护的这个权益又跟自己没有半毛钱的关系，这样的行为就不怕得罪公司领导从而影响自己的前途吗？这是吃亏吗？

郭靖曾碰到一个难得的好机会。丐帮帮主洪七公打算教他武功，但不许他学会后转教给黄蓉，郭靖听了感到左右为难：怕黄蓉让自己教，如果不教就觉得对不起黄蓉；如果教呢，又觉得辜负了洪七公。这两边他都不想得罪。他思前想后，最后干脆拒绝了洪七公。洪七公当场就蒙了：我这么给你脸，要教你武功，你小子居然还放弃不学了？就像在职场上，遇上领导提拔的机会时，一个老实人却觉得某个同事做得比自己更好，也真心想为同事好，于是将机会让给他人。如果领导采纳了他的建议，他因此错失了机会，这是吃亏吗？

在职场上，郭靖这样的老实人也许是公司传达室的郭大爷，周末好心帮你收了几十斤重的快递包裹，还不厌其烦地在周一帮你搬到办公室；也许是公司内勤郭妹妹，你下班前随手扔给她的一些数据和文件，她总是宁可自己加班都会帮你整理好；也许是你们公司业务郭哥哥，业务上守本分，不争不抢，日常还会热心帮人换个灯泡、修理电脑。我们喜欢跟这样的老实人打交道，他们不仅对人热情、有求必应，就算偶尔被欺负一两次也没有关系。他们没有锋芒，与世无争。

对于老实人，用对了劲儿、用对了地方的老实和吃亏，从长远来看，能帮你获得同事的信任和领导的欣赏。

职场上可以随叫随到、提供暖心服务、不图回报的郭大爷、郭妹妹、郭哥哥们非常稀有。我们也并不愿意做这样的老实人，因为我们活得太明白了，不想吃一点儿亏。多干活儿少挣钱的事，很难让人接受。领导流露出提携之意，因为想到别人更合适而把机会让给别人，这也很难接受。机会难得，谁不想早日晋升？与同事合作，利益分配时你六我四？很难接受。为什么你要多得而我少得？在跟同事相处时，这个那个求帮忙？很难接受。对不起，我又不是义工，哪有那么多时间来应付？

只是，看起来既精明又会算计的我们，又怎么会是洪七公看重的人呢，又怎么会是同事所信赖的人？

天底下，把职场上的争和让、得和失的度把握得分毫不差，很少有人做到。老实人郭靖虽然一味地在谦让、在吃亏，但比精明算计的人得到了更多。他拒绝洪七公教武功时，既老实又诚恳，却赢得了洪七公的信任，在他的人生中，这种品质帮他一而再、再而三地获得了幸运女神的眷顾。

有两碗鸡汤摆在你面前，一碗是"吃亏是福，吃苦是贵"，另一碗是"天下熙熙皆为利来，天下攘攘皆为利往"。你会纠结选哪一碗吗？

"傻白甜"不黑化
也有精彩职场

———

很多前辈一定警告过你：职场上当"傻白甜"是不行的，分分钟都会被人虐成渣；在职场剧、宫斗剧里也活不过第一集。在这些剧里，"傻白甜"要想活下去，只有一条路可走——黑化，然后反转人生剧情。她们通常最初都是苦情人设，一直在被坏人狠狠地虐和骗，被踩到了最底层，然后黑化，接着就逆袭，此时要风得风、要雨得雨，终于痛快地活出自己想要的人生。

这个职场"假说"有待商榷。以生活在丛林中的小白兔为例，小白兔固然是食物链的低端物种，但无须黑化，只凭着"狡兔三窟"的智慧和强大的奔跑技能也能做好安全自保，赢得在丛林生存的一个席位。

用同样的逻辑，职场"傻白甜"也可以提升适应能力，从而避免被虐的命运，找到适合自己的生存空间。来看看《笑傲江湖》中恒山派的小师妹——仪琳。对，仪琳就是那个一出场便被名声很臭的田伯光抓走的小姑娘。她性情温顺，善良柔弱，是典型的"傻白甜"。

照职场资深前辈的那个假说来推测，在暗流汹涌的职场上，"傻白

120

甜"的仪琳大概就是个受气包，日常就是个只会委屈自己、讨好别人的怂人。如果恒山派人事部要克扣她的薪水、年假，给她降职、调岗，想来她不会说半个"不"字，也不敢抱怨，更不用担心她会去劳动部门告恒山派侵犯她的劳动者权益了。如果恒山派的同事像仪清、仪和等有资历的大师姐，郑萼、秦绢等头脑好使又很会来事儿的师姐妹们合起伙儿来挤对她，把谁都不想干的活儿塞给她，让她义务加班；让她给大家发发快递、跑跑腿；让她没事儿就请大家吃冰棍、吃西瓜；大家聚餐推给她埋单，她估计都会乖乖接受吧？她敢去领导面前告你状吗？不敢的。

仪琳给人的印象是"傻白甜"，在人情世故上一派天真。心软是真，但是真傻吗？不是。她对公司的人际关系其实还挺敏感，对身边的领导和同事有过细致观察："在白云庵中，师父不苟言笑，戒律严峻，众师姊个个冷口冷面的。"

从字面的描述看，这像是一个每天都处于低气压的公司，领导成天不苟言笑，高深莫测，让人难免时刻提心吊胆，不知道他对自己的工作是不是满意。而同事之间呢，一个个冷口冷面，更不知道朝夕相处的这群人在心里如何评价自己，会不会在领导面前告自己黑状，会不会在自己的背后捅刀子。

仪琳对恒山派的人际关系和环境特点摸得门儿清，虽然大家看起来既严肃又冷漠，不过是因为大家对很多事情都没什么特别的热情。这是由恒山派本身的特殊环境造成的。它的氛围确实跟其他公司不一样，其他公司里大家为争个位置斗来斗去、头破血流，这里却风平浪静，说这里是一潭死水也不为过。

一个快在同行业要垫底、靠着宗教优势度日的小公司，根本谈不上

什么办公室政治，公司里上上下下一片平静。大家吃着大锅饭，谁也不稀罕多争那一口。虽然钱挣得少一点儿，但是这里的女员工们也没什么挣钱买车买房的需求，也没有干一番大事业的志向。所以，钱少活儿少，包吃包住，大家的幸福指数也都挺高。

值得思考的是，到底是这样的恒山派导致仪琳变成了"傻白甜"，耽误了她的职场进化，还是因为她是"傻白甜"而只适应恒山派这种单位？毕竟，人总是要适应环境的。

一般来说，"傻白甜"在职场上容易变成被欺负的对象，但在恒山派，仪琳居然是人人都愿意亲近的可爱"团宠"。当她遇到困难时，她的暴脾气领导——定逸师太可以像老母鸡护雏一样，在外人面前坚定地维护她。当她苦练业务能力时，她的两位师姐仪清与仪和花了大量时间和精力指点她、帮助她。而且，从前任领导定逸师太到新上任的领导令狐冲，都非常喜欢仪琳，就连未来的领导夫人也对她很有好感。

在恒山派这样一个人情相对淡漠、办公室政治都很平淡的环境里，要成为人见人爱、花见花开的恒山派"团宠"，难道不算是一门好本事吗？我们所见到的仪琳不那么精于世故，"傻白甜"得恰到好处，对任何人都没有半点儿威胁，是真正的人畜无害。再加上她秉性纯良，心地宽厚，也更为她加分。

新领导令狐冲很器重仪琳，大家猜测领导未来可能会传位给仪琳，就更加对仪琳另眼相待了。但仪琳从一开始就表示自己的业务能力不够，也不适合这样的管理岗位，总在嘴边挂着一句话："小妹练来练去，总没什么进步。"这样的策略就很高明，难道是没有经过深思熟虑随口说出来的吗？在职场上既然不想晋升，就不会去遮住别人的光芒，也不会挡住别人进阶的路。即便是在斗争激烈的峨眉派，靠这一招也能基本自保了。峨眉派小师妹、第四任掌门人周芷若也曾把类似的话挂在嘴边念叨了许多年，为自己赢得了抢跑和逆袭的时间。不同的是，仪琳是真的无心名利，而周芷若只是韬光养晦。

仪琳这位"傻白甜"其实有很强的学习能力，她的能力也妥妥地支撑着她找到了适应环境的最佳方式。如果把她放在峨眉派，有灭绝师太这样的厉害领导，有丁敏君那样的厉害同事，她大概也能打起十二分精神、拿出一百倍的时间和精力来应付人际关系，怎么着也会让自己无害的小爪子上多长出一些锐利的尖刺来吧？毕竟只有这样才符合小白兔的进化规律，从而在丛林里生存下来。至于她到底会随着环境进化成贝锦仪、静虚师太一类人，还是纪晓芙一类呢，不得而知。

很多像仪琳一样性情绵软的姑娘，并不想要"傻白甜"这种标签，都期待自己变得有锋芒、尖锐，当有人踩到自己头上来的时候，能勇敢地扑过去给他一爪子。但是，如果养不成狐狸的心机，也长不出老虎的利爪，那又何必苛求自己非得同时有心计、有演技和有利爪呢？万一用不好，杀敌一千，自伤八百，也是不划算呢。我们要有底线，即便是小白兔，也一定得有最基本的狡兔三窟的智慧和奔跑的技能，然后不惹事、不树敌，慢慢找到适合自己的生存空间。

狼性团队里练成的
十八般武艺

———

　　不同的企业有不同的生存环境，有的公司制度严苛，竞争惨烈，大家为了稀有的职位和资源互相斗红了眼；也有的公司看起来风平浪静，人与人之间基本上保持着亲密团结，没有冲突和竞争。

　　从发展的角度来看，竞争才是保证公司发展的原动力。如果公司内部缺少了竞争机制，业务能力和业绩不考核，干多干少、干好干坏都在同样的位置上，拿同样的薪水，大家对职位、薪水和资源都没有动力去争夺，那么，这家公司从根子上就萎缩了，因为人人都没有斗志和激情了。上上下下都亲如一家的恒山派，不就一直无法大规模发展吗？张三丰和武当七侠时期的武当派，师兄弟之间看起来也都情同手足，结果呢，这种一团和气的状态最终还是耗光了武当的气数，在张三丰之后，武当还在，却再无大师。

　　公司内部有竞争是好事，这是公司保持前进的强大驱动力。但正常的竞争一走偏，就带来了人与人之间为了利益的互相倾轧，有可能就变成了大家表面一团和气，私底下全是钩心斗角。比如，华山派的剑宗气宗为争夺学术地位斗得你死我活，毒手药王门下弟子为夺本门秘籍而大打出手，峨眉派丁敏君为争夺掌门人之位年复一年当着职场一霸欺负后辈。在这样的公司环境里，如果你不斗，估计大家吃完肉后你连汤也喝不上。同事间争来夺去，你方唱罢我登台，但就是没有你的机会，你一辈子只能当个跑龙套的路人甲。

把这种恶性竞争发展到极致的就是所谓的狼性团队文化，在这样的团队里，每个人都处在战斗状态，谁跟你讲兄弟情谊，谁跟你推心置腹？因为这里全都是对手甚至是敌人啊。公司业务的第一名只有一个，团队的领导只有一个，所有人盯着的目标是同一个，而只有战胜他人才能跑到终点拿到这个梦寐以求的犒赏。在这种公司里，没有七十二变和十八般武艺，真不知道会被虐成什么样。

狼性团队自有一套狼性的管理理念，首屈一指的莫过于淘汰机制：谁的业务第一谁就当老大。就像某些企业里会按年度、季度、月度做出销售排行榜一样，谁的业务第一，谁就是明星、功臣。公司会把他的名字和照片高高悬挂在醒目的墙壁上，让他的精神感召每一位员工，也让每个员工时刻在淘汰机制中焦虑不安，不断地督促自己努力工作。

拿现代企业类型来对标，《天龙八部》中的星宿派就是江湖中妥妥的狼性团队，其员工的狼性远远胜过其他江湖门派。星宿派那些高级员工的业务能力十分彪悍，"星宿派武功阴毒狠辣，出手没一招留有余地，敌人只要中了，非死也必重伤"。企业文化崇尚狼性，在职业成长的路上，每个员工都是从披着狼皮的羊到披着羊皮的狼，最后成长为披着狼皮的狼。在团队内部，这种狼性竞争也充满着"你死我活"的气息。

来来来，
欢迎，
谁都能是CEO。

在星宿派，除了星宿老怪这位公司创始人、老板，团队领导就是权力最大的那个人，谁要是不服，领导可以随时处治，老板管不着，劳动部门也管不着。当然，第一把交椅不是谁都能坐上的，也不是一辈子都能坐稳的，因为随时会有人来挑战你。只要挑战者赢了，上一届的老大就得乖乖让位。

在这样恶劣的职场环境里，即便是单纯的职场"小白"，为了生存也必须迅速地将自己训练成狼，才能适应这里的规则。同事之间缺少信任感，人人都充满焦虑，没有安全感。阿紫的第一份工作就是在这个残酷的狼性环境里，她不断地调整和适应，早已习得狼性团队里的一切规则和价值观。

大多数读者都不喜欢阿紫，觉得阿紫既残忍又歹毒，有时甚至毫无人性。没有相似的成长路径和环境，我们确实很难对她的行为和想法感同身受。抛开道德层面对她的审判，单看她的能力，在狼性团队里工作多年，并且混得好好的，这不能不说是一种本事。

阿紫本人其实就是狼性团队各种竞争文化的"集大成者"，她所练就的狼性团队生存的"七十二变和十八般武艺"，究竟能给我们的职场带来什么启发呢？

在星宿派，当"傻白甜"，当老实人，肯定都是不行的。阿紫是很晚才入职的小师妹，本来地位很低，不管是按职场阅历来论资排辈，还是按业务能力来排座次，都只能坐后排。如果以座次来论身份的话，那么当师兄们说话谈事时，她可能连插话的份儿都不会有。一个狼性团队，并没有那么多客气可讲，要的是实力。如果任凭自己永远业务能力弱、资历浅下去，那就真弱到没有存在感了，又哪里会有职场的安全感？

　　阿紫在狼性团队里练就的本事中，第一项就是竞争意识，并不断鞭策自己去提升业务能力。在星宿派，你说我不稀罕晋升，也不稀罕涨薪，只想做一个普通员工，坐在路边为同事们鼓掌就好，这是不行的。狼性团队不允许这样，所有人都必须打满鸡血勇往直前，不能后退。

　　阿紫练就的第二项本事是好口才。这帮她在狼性团队里赢得了一些信任和表达的机会，并因此为自己争取到了一些利益。比如利用好口才，可以实施缓兵之计，拖住敌人或者让敌人相信自己："怎么啦？小妹请你喝酒，你不给面子吗？" 可以用作糖衣炮弹："你的本领大进了啊，可喜可贺。" 可以用作洗脑神器，麻痹敌人："三师哥说什么，我就干什么，我向来是听你话的。"这样的好口才和表演能力，如果星宿派举办演讲比赛，阿紫说自己是第二，谁敢排第一？

　　阿紫的第三项本事就是强大的应变能力和高警惕性。无论在多么危险的情境里，清醒的头脑都能帮她迅速解决问题、化解危险。不管是内部斗争，还是行走江湖，基本只有别人掉进坑里，她还从来没有掉入坑里过。

　　最终让阿紫反转了职场命运，真的拥有了话语权，不是只凭前面这几样"武艺"，而是她拿到了星宿派的镇派宝物——神木王鼎，相当于拿到了公司的最高机密、核心资源，因而扼住了公司命运的咽喉。虽然引来了一连串的麻烦，但正因为掌握了这一资源，阿紫才能气场全开地站在老板对面，拥有了跟老板谈条件的资格，也才能在同事面前有更高的姿态。拿到这样的核心资源，是天上掉馅饼吗？

　　阿紫历尽千辛万苦，慢慢摸索出这套在狼性团队文化求生的"十八般武艺"，而且最终从能力、资历、座次都不如人的小员工成长为可以主宰自己职场命运的人，光想想这个过程就很励志了。而她的"十八般武艺"对于职场人士来说，也许不一定都有用，但是，在职场上精准地练就好本事，打造一套专属自己的"十八般武艺"，凭借这些核心竞争力，立稳脚跟也不是难事。不论在哪种企业环境，不论团队成员之间的关系是复杂还是简单，就都可以掌控自己的职场命运，为自己带来更多的职场安全。

职 场 点 拨

1．虽说同事之间最好不要有太深的个人交情，但是掌握好社交分寸，维持一种和平相处的状态，让自己成为同事眼中的"自己人"却是非常重要的。

2．三流的眼界和能力做不了一流的事情。要想有一天也能云淡风轻地解决同事间的争名夺利，能像程灵素那样得饶人处且饶人，那就先修炼自我和提升实力吧！

3．对于老实人，用对了劲儿、用对了地方的老实和吃亏，从长远来看，能帮你获得同事的信任和领导的欣赏。

4．即便是小白兔，也一定得有最基本的狡兔三窟的智慧和奔跑的技能，然后不惹事、不树敌，慢慢找到适合自己的生存空间。

5．只要精准地练就好本事，打造一套专属自己的"十八般武艺"，凭借这些核心竞争力，不论在哪种企业环境，不论团队成员之间的关系是复杂还是简单，就都可以掌控自己的职场命运，为自己带来更多的职场安全。

第 五 章

职场到底
怎么"混"

做一个细心的观察者和审慎的行动者，每一条规则里蕴含的智慧，都将帮助你避开错误，在职场上完成华丽蜕变。

凡事留一线，
日后好相见

——

　　三十年河东，三十年河西。谁能预料今天一个四处求人的底层小职员，多年后就是某个领域的成功人士呢？所以收一收飞扬跋扈、欺压弱者的心，其实也是给自己留了机会，正是俗话所说的：凡事留一线，日后好相见。

　　与"凡事留一线"相对的处世哲学大概就是"斩草除根""赶尽杀绝"。职场上很多竞争都有排他性，例如，《倚天屠龙记》中峨眉派掌门的位置就只有那么一个，参与竞争的人却很多。出于个人利益考虑，丁敏君选择了"斩草除根"，一点点削弱竞争对手纪晓芙的势力和资源，当纪晓芙倒霉时，还迫不及待地过去踩一脚，从来没有想过给人留一线生机。出于惯性，丁敏君疯狂地"斩草除根"，不只是针对一个纪晓芙，而是针对不同时期构成竞争威胁的所有同事。结果，她跟所有同事都成了敌对者。更可怕的是，她最终在竞争中落败，一个不太起眼的小师妹居然逆袭成功当上本门派的掌门人，她却只是个工龄长的老员工而已。她不仅一番努力付诸东流，而且在峨眉派都待不下去了。早知今

135

日，何必当初那么心狠手辣？如果为自己留一条退路，不和同事撕破脸，又怎么会有后来？

《神雕侠侣》中古墓派李莫愁曾经为了争夺本门派的秘籍，对师妹威逼利诱，见师妹不配合后又接二连三地给师妹挖坑，摆明了一副赶尽杀绝的态度，把师妹逼得走投无路。她在春风得意之时压根儿就没想过师妹将来也会一鸣惊人、一飞冲天，更没想过人不可能万事不求人，真有一天遇到生死危机时，厚着脸皮开口向师妹求救，结果不仅被旁人冷嘲热讽，而且并没有得到师妹的原谅和援手。早知今日，何必当初要赶尽杀绝、不留余地？

《笑傲江湖》里有一个小故事，讲的是如何在关键时刻为自己留退路。故事的主角是日月神教的几个底层小员工：游迅、玉灵道人、西宝和尚、仇松年、严三星等，都是没什么名气的小角色，跟路人甲、路人乙差不多。

有一次，他们接了一个工作之外的订单——跟人去一锅端掉恒山派。对方先给了一点儿预付金，余款在事成后再付，所以这几个人干活儿还挺卖力，在恒山各山头进行了一次地毯式搜索。还真是踏破铁鞋无觅处，得来全不费工夫，他们居然轻松捡了两个大人质：恒山派掌门人令狐冲和日月神教教主之女任盈盈。更令他们惊喜的是，这两个人被封锁了穴道，不能动弹，也省了大家制伏人质的力气。如果把他们俩交出去，开口跟雇主要个高价，不就发横财了吗？

大家激动过后马上意识到一个问题：其中一个人质——任盈盈——似乎不能这么简单地交出去，她是大家都不敢得罪的上司，平时手段狠辣，脾气也不小。这几个人再转念一想：平时在上司手下吃过那么多苦

头，这可是千载难逢的机会，利用机会报复一下倒霉的上司，顺便还能从别人那里得到好处，简直是一箭双雕！

事情这么做似乎也是顺理成章的。多少人在职场上饱受委屈后，一有机会可以弹劾某个领导时绝不留情，立马写材料或联名上书了。但是，这么做隐藏着一个风险：万一失败了，联名上书的人会遇到什么问题？所以，这群老江湖又想得更深了一层：如果在这个关键时刻把上司推出去，自己领了赏，那就彻底撕破脸了，不仅未来没法继续待在公司，行走江湖也得小心绕着走。可别急，这个行动先做个分析再说，优势是什么、劣势是什么。

经过分析，他们几乎又回到了开始的问题——如果失败了，后果自己能承受吗？主动权掌握在自己手里时，是放还是不放？大家陷入两难之中。到底都是老江湖，大家一致认为，杀了他们比放了他们利益会更大。新的问题又来了：怎么杀，谁来杀？这就跟联名举报顶头上司的事情一样，大家都有这个心，却没有那个胆，一到签名环节，都会噼里啪啦打着小算盘，为自己的进退考虑周全——万一事情败露了，谁签名不得谁倒霉吗？所以，你推我让地都怂恿着别人动手去干自己不想干的事情，然后自己坐享劳动成果。关键时刻，谁都想为自己留条后路。所以这个小故事的最终结果是，日月神教这帮老江湖，想来想去，还是选择了不要赶尽杀绝。

人在职场的发展总是会有起有落，要风得风、要雨得雨时，少一点儿飞扬跋扈，面对竞争对手或者弱势下属时，多一点儿宽容。

古墓派李莫愁和峨眉派丁敏君相似的地方是，当自己有实力、有机会的时候，对他人一味地赶尽杀绝，不给对方留一线生机。相比而言，日月神教这几个底层小员工多了几分深思熟虑，放弃了眼前利益，给别人留了生路，事实上也是给自己的未来留了退路。

有个在十八线的小镇上工作的年轻人，想考一线城市的公务员，报考时需要所在单位的一把手签字，起初大家很为这个年轻人担心："你身在曹营心在汉，领着这个单位的薪水，去考大城市的公务员，这不是做白眼狼吗？领导凭什么要给你签字？"年轻人说："我们领导是个妙人，签字很痛快，就只说'你将来有出息了，可别忘记你的老领导啊'。"

对这个年轻人而言，领导当时有绝对的"生杀予夺"大权，如果领导稍微心硬一点儿，不给这个年轻人机会，随便找个理由，都是合情合理的，就可以把这个年轻人的梦想击碎。但领导没有为难他，而是非常聪明地送给他一个巨大的人情。今天的手下留情，或许就是明天的福报。

看人下菜碟的后果

——

　　看人下菜碟的事情并不少见。比如说，早上上班时，你和领导前后脚迈进公司大门，前台看见领导进来就满脸堆笑地热情打招呼，对你却立马收了笑容只客气地点个头。再比如说，你去公司财务部门报销，可能需要为报销材料一遍又一遍地跑财务，而如果你的领导去报销，整个流程会比你快得多。什么原因呢？在哪里办事原来都是要看面子的啊。大家为领导做事时总是积极性更高，服务态度也更热情。

　　《天龙八部》中，少林寺是个等级森严的公司，上上下下有几千名员工，这些员工被分成三六九等，像螺钉一样摆在不同的岗位上。这样一个大型机构，层级越多，关系越杂，看人下菜碟、趋炎附势的事情当然也少不了。有些人的目的明确，想在领导面前留个好印象，争取在职场上有更多发展机会，所以向上看时是一种态度，哪怕只是在领导面前多微笑一次，哪怕只是为领导多跑一次腿呢；而向下看就是另一种态度，对同事、下属冷眼旁观，或讽刺或怠慢甚至是欺负。

　　比如少林寺的缘根和尚，他是少林寺后勤集团的菜园子项目组主管，相当于大公司里一个保安队长、库房主管，这可不算是最基层的员工了。虽然位置不高，但手上也是有点儿小职权的，在菜园子里，他是有实权的一把手。要说这个菜园子的权力范围真不小，有两百来亩地，三四十名长工。

虽然缘根是个小主管，每天的基本工作都是例行公事，未来也看不到什么希望，但他身上肩负的另一项业务却让他的成就感爆棚。这项业务源自少林寺的惩罚制度，有关部门会将需要处罚的和尚们送到菜园子，交给他管理。他因此能接触到少林寺上上下下各级和尚，甚至还能接触一些部门的主管领导。虽然他名义上只是拥有对这些人的管理权，给他们分配每天的劳动任务，但他通常会将权力扩张到行使处分权，比如辱骂、审讯、殴打、克扣饮食等，这样为所欲为带来的快感可比做菜园子主管要大得多，让他感觉自己成了这片菜园子的国王。

缘根经常跟人吹牛说："便是达摩院、罗汉堂的首座犯了戒，只要是罚到菜园子来，我一般就都要问个明白，谁敢不答？"当然这只是吹牛，真有首座因为一时倒霉而被下放到菜园子时，缘根可没有那么不懂事，不仅不会像他吹嘘的那样威风凛凛地去惩罚首座，而且还会逮着这样的好机会套套近乎，在分配劳动任务时会好好照顾这些首座。只有那些没有背景、没有地位的小和尚落到他手里时，才会遭遇他疯狂的惩罚。在菜园子工作这么多年，缘根"看人下菜碟"的事情可算是轻车熟路了。

缘根为什么会看人下菜碟？想想他常年待在菜园子里而导致的心理不平衡就能理解。菜园子在少林寺这样一个大型机构里是最微不足道的部门，少林寺惩罚员工为什么不把人往达摩院、罗汉堂这些重要的业务部门送，而是送到菜园子？这本身就意味着菜园子处在鄙视链的最下

端——这不是重要部门，是适合处罚的地方。既然菜园子可以用来处罚犯错员工，那么菜园子的员工岂不是比犯错接受惩罚的人还低一等？因为下放来的员工接受完处罚后又能光鲜亮丽地回归原来的岗位了，只有菜园子里的这帮人仍在菜园子里。缘根心理能平衡吗？更令缘根不爽的是，他虽然是个主管，但还不如重要职能部门的基层员工看起来光鲜呢。所以，他才看人下菜碟，对底层的和尚实施暴力虐待以寻求心理平衡，对首座们恭恭敬敬以寻求未来出头的机会。

看人下菜碟，以貌取人，拜高踩低，都是人之常情。但是看人下菜碟有时会出错，原因是看人看走了眼，误把领导当成普通员工而怠慢，那就可能惹了大麻烦。常年看人下菜碟的缘根在这个位置上，阅人多矣，自忖看人绝不走眼。新下放来的虚竹小和尚长相寒碜，脾气温和。缘根打眼一瞧，就确认这就是个普通小和尚而已，浑身散发着逆来顺受的气息。他马上启动自创的审问程序开始审起虚竹来。

缘根对虚竹小和尚是又打又骂，还给虚竹"赠送"了菜园子几大"极刑"套餐。接下来，缘根只要一有空，就都是在亲自处罚"犯人"，一点儿也不让手中的权力空着。虽说缘根私设审讯既不符合大宋法律，也不符合少林寺的规章制度，但在他的地盘上他就是国王，谁敢举报，要么马上给点儿颜色看看，要么翻一个白眼——我不在乎。缘根也一向自信地认为，凡是被贬到菜园子来的人，大多是少林寺各部门的小角色，所以自己可以随心所欲，想怎么虐就怎么虐，他们离开时还会感恩戴德地说："多谢缘根师傅照顾。"终究没人敢把缘根滥用职权、欺凌他人的事件给捅出去。

但是这次对虚竹和尚的事情上，缘根栽了一个大跟头。他很纳闷的是：自己也是职场老司机了，咋就突然玩脱了，怎么就会无缘无故地遭到他人一顿毒打呢？他实在没想到，一个普普通通的小和尚竟然有这么大来头！虚竹和尚竟然是身兼数职的CEO——逍遥派的一把手，灵鹫宫的法人。而且逍遥派和灵鹫宫都不是无名小派，势力很强，帮众很多。所以，一报还一报，缘根被灵鹫宫的弟子狠揍了，这是他有生以来在职场上栽的第一个大跟头。

这就是缘根一次"看人下菜碟"导致的严重后果。他得到的教训就是看人也会有走眼的时候，下菜碟也会有下错的时候。有时候，明明位置很高的一个大领导居然穿着朴素、言行低调，跟你同乘一个电梯，跟你一起排队吃员工餐，如果以貌取人，看人下菜碟，给低调的大领导翻几个白眼，怼他几句，后果一定不会太美好吧？

缘根的教训提醒了职场人，一定要克制住"看人下菜碟"的习惯性冲动，毕竟每个人身上都没贴着标签让人能准确识别他是谁，一旦你乱下菜碟，就很可能是搬起石头砸自己的脚。再说看人下菜碟本来就不是一种好行为，它反映出人性的某些弱点。在职场上，我们要让自己成为那个更好的自己，而不是成为自己最讨厌的人。

别把抬杠
当成发表高见

——

杠精是最不招人待见的一个群体，是朋友圈里大家都想拉黑的那种人。职场上有杠精吗？有，《天龙八部》里的包不同就是其代表人物。

杠精在职场上混得开吗？看看包不同就知道了，在职场上当杠精不仅没有前途，而且简直就是"必死无疑"。别说慕容复是个气量小的领导，就算换成是心胸开阔的乔峰帮主来做他的领导也无济于事。乔帮主肯定也不会提拔杠精，因为杠精这个属性对工作来说没有任何积极意义。

世界上有杠精的职场生存手册卖吗？先不说有没有，即使有，这样的书也卖不掉。因为杠精不会认为自己是杠精，他觉得自己说的话都很有水平，思想还很有深度，对很多问题都有独到见解。你如果说他是杠精，他还觉得你无知、没文化，听不懂他的话呢。

包不同在慕容复手下工作很多年了，慕容复大概也是因为一直手头上无人可用，所以对包不同这个忠心耿耿的助理还算尊重。包不同是个什么样的人呢？最明显的特征就是话多、反应快，逻辑思维也不错。他有一句口头禅是："非也非也。"无论别人说什么，他都是先反驳、先

挑刺，常常是为反对而反对，总之，什么都要跟人对着来。这确实是个纯种杠精了。他抬杠也不分对象、不分场合，遇佛杠佛，逢鬼杠鬼，连顶头上司、自家兄弟以及上司的准女友都一一抬过杠，能杠到这个份儿上也是没谁了。

包不同在甘州碰到函谷八友，来了一场实力抬杠表演。他从函谷八友中那个不懂人情世故的大哥开始依次往下杠，以一对八，酣畅淋漓地把他们杠得毫无招架之力，也把旁人看得目瞪口呆：原来天底下有这么厉害的杠精。

包不同抬起杠来百无禁忌，第一次见到大理国的继承人段誉小王爷时，不仅直接称呼人家是"油头粉面的小子"，而且各种抬杠，抬高自己而贬低段誉。对于包不同来说，这样过了嘴瘾之后，可能会引发的后果就是，如果包不同所在的姑苏慕容集团要跟大理段氏集团合作，段誉还能开心地签字吗？

就连天下人人敬仰的丐帮乔帮主，包不同也抬过杠。任你乔帮主有礼有节，他包不同如果吃你这一套，还配叫专业杠精吗？所以，他初见乔帮主时的打招呼就显得那么鹤立鸡群："嘿嘿嘿，乔帮主，你随随便便地来到江南，这就是你的不是了。"这么别开生面的打招呼，一点也不讨巧，自己的几个小伙伴都跟着捏了一把汗，而乔帮主手下的人很生气。

杠精包不同对自己的说话艺术太自信了，完全没有意识到自己所谓的标新立异其实就是抬杠，反而觉得自己从不人云亦云，特别不同凡响，所以对领导也是一样抬杠。结果他最终栽倒在自己的抬杠上。有一次，上司要做的事情与他的三观不合，作为一个专业杠精，他忍不住跳出来抬杠，评头论足，搞得上司终于愤怒值爆表，毫不留情地处理了他。

职场是能力的秀场，该崭露头角的时候自然要抓住机会脱颖而出，让领导注意到你是个有能力且努力的人，让同事觉得你是个值得信任的人，让客户觉得你是个可以合作共赢的人。至于如何秀出能力、刷出存在感，一千个人有一千种技巧，条条大路通罗马。但有一条切忌踏入的路，那就是杠精之路，它一定会终结你的职场梦想。

有人会说，职场上没有人想成为杠精啊。因为大家都知道，抬杠不受欢迎，不管你杠的是领导还是同事或者客户，总之大家听你抬杠都不会开心。去采访一下包不同，人家从来就没想做杠精啊。

不做杠精，那么你会经常反省自己的言行吗？比如说，你有没有下面这些想法和行为：太想要标新立异和出奇制胜，所以每次大家都说甲方案好的时候，你一定会反其道而行，说乙方案好；你经常会对自己发表的高见感到沾沾自喜，但时常尖酸刻薄，伤人面子，让人下不了台……

有人会说，发表不同意见时引发的效果跟抬杠似乎大同小异，因为不同的意见常常让人听起来不舒服。但抬杠和发表意见二者是有本质区别的。意见有价值，它是思考所得，是以解决问题为目标，而不是以吸引注意力和标新立异为目标。尽管意见可能不是百分之百正确，但或许能起到抛砖引玉的作用。

有人说职场上只要不对领导抬杠就可以了，毕竟领导掌握着你的"生杀予夺"大权，但有时候不爽了，跟同事或者客户抬抬杠也是难免的。

这些想法是不对的，因为抬杠本质上就是一种无知、无能和无效的出风头，而客户就是我们的"衣食父母"，不把握好客户的心理，自以为是地抬杠，这是不想与客户签合作的单子了吗？而同事呢？一个人在职场上的人际关系也会影响到职场发展，逞一时之能跟同事抬杠，把人家逼急了，谁知道他表面笑嘻嘻之后会不会去领导面前"参你一本"？再说失了人心之后谁还愿意跟你合作？

骨灰级杠精包不同在职场上的覆没，其最大的教训是：职场是能力的秀场，而不是抬杠的秀场。

别让隐私变成
他人手中的把柄

———

年轻的心扉总是更容易对外敞开，因为有时间、有精力，还有热情，所以能将更多的人接纳进自己的交际圈子，包括会将公司中的同事发展成无话不谈的知心朋友。

你看人家全真教的尹志平和赵志敬共事那么多年，亲如兄弟，几乎走到哪儿都形影不离。而人到中年的郭靖和黄蓉则是另一个样子，工作上千头万绪的，家里一摊子事，还有熊孩子要管教，他们哪里会有时间和心情去跟同事喝酒聊天成为好兄弟、好闺密？

不同年龄段的人其交友方式和价值观不同，这是很正常的。对于年轻人来说，虽然有时间和热情，但还有一个小问题是，被你视为知心朋友的同事跟你真的可以像所有知心朋友那样无话不谈吗？比如，你的一些隐私能向关系密切的同事说吗？

如果你的答案是肯定的，那么这件事情就隐藏了一个风险：一旦有人用你的隐私来威胁你，怎么办呢？虽然我们不排除在公司同事中能找到知心朋友的可能性，而且大多数公司也鼓励大家"把公司当成家，把同事当亲人",但同事之间毕竟还会有利益上的竞争。所以,在把同事当亲人、当知己这件事情上,我们如果能保持一定的分寸,不跨越界限,可能就会更妥当。

更何况,同事之间的关系也并不像尹志平所想象的那样简单纯粹。尹志平跟赵志敬共事多年,大家都说他们亲如兄弟,俩人经常一起练功,一起吃饭,一起睡觉,还一起出差,所以尹志平就把赵志敬当成了知心朋友,什么话都跟他说,包括自己的隐私。尹志平单恋隔壁古墓派美少女,每天写微博倾诉对美少女的爱恋,还总忍不住圈一下赵志敬,让他现场围观自己的单恋爱情。赵志敬又是点赞又是共情。在尹志平心里,赵志敬这样的同事是多么完美的好兄弟啊!但就是通过这个完美好兄弟的嘴,全天下的人都知道了尹志平的隐私。

在赵志敬眼里,尹志平整个人如同在裸奔,什么都被他看得清清楚楚。而尹志平对赵志敬的了解基本就停留在普通同事的信息层面,比如赵志敬的身高体重、饮食爱好、业务能力通到哪一关,仅此而已。可惜这些都不重要。他知道赵志敬的梦想吗,知道赵志敬背着他干过什么吗,知道赵志敬有个小本本在记别人的隐私、收集证据吗?他什么都不知道。那还说什么是好兄弟呢?

尹志平接任全真教掌教的公示贴出来后,这对好兄弟的矛盾冲突也终于浮出水面,赵志敬正式当面锣对面鼓地对尹志平宣战。尹志平这才后悔不迭,因为赵志敬掌握了自己的隐私,如同扼住了自己的喉咙。赵志敬想得到掌教的位置,于是放出撒手锏,威胁尹志平说:"我已经掌握了你全部隐私,只要发布出去,立刻会引来百万人围观。"尹志平为此苦不堪言,只能步步退让。因为赵志敬无论是去单位内部告状,还是

在江湖上公布，尹志平都将会身败名裂。赵志敬希望他永远被钉在道德的耻辱柱上，哪里会容许他改过自新呢？

尹志平确实在私人生活上德行有失，这个过错自然由本教前辈和受害者来惩罚，这是另一个话题。但这些隐私被赵志敬恶意利用了，他公之于众，不是想当实名举报、为民除恶的英雄，也不是同情受害人替人申冤，而是为了让尹志平名誉扫地、退出政治舞台，更是为了自己有机会走向掌教的宝座。

所谓隐私，自然是不能跟别人说的。说出来之后，别人可能就会断章取义地进行解读或者加以利用，制造舆论，然后将隐私变成利器来对准你。后果呢？就像尹志平这样，就算坐上了掌教的位置，却连一天时间都不到。隐私也可能变成职场上升的绊脚石。比如，张敞在闺房给老婆画眉的隐私被人知道后，别有用心的人就去皇帝面前传，还添油加醋地解读说张敞这样做没有大汉官员的威仪。果然，皇帝就不再重用张敞了。

尹志平因为个人隐私被人拿着当成把柄，导致掌教位置坐不下去；张敞因为个人隐私被人拿着当成把柄，导致失去皇帝的信任耽误晋升，这都是不划算的事情。可是，如果这些隐私不被人知道，又怎么会有后来的事情呢？你还会把不该说的个人隐私都肆无忌惮地说出来吗？尹志平从前不慎将隐私说出来，这不仅给个人的人际关系、生活、职场等带来一系列困扰，而且也浪费了大量的时间与精力来解决原本可以不出现的问题。不幸的是，这个局面到最后完全失控了。

同事之间的来往，要保持适当的分寸，君子之交淡如水。你可以跟同事在八小时以外的时间撸串、喝酒、唱歌，可以谈诗词、谈人生、谈哲学，但是不要轻易跟同事分享自己的隐私，不要像尹志平那样在同事面前毫无保留地来一场思想裸奔，这是职场交往中的一条铁律。谁知道自己碰上的就不是职场中的赵志敬呢？

在职场上，你的隐私很可能授人以实，成为人家对付你的利器和进阶工具。而在生活中，你的痛苦隐私或旖旎情事很可能成为网红朋友赚足点击率和阅读量的爆款文的来源，或者成为他人茶余饭后的谈资。无论你的隐私最终在他人手中精心发酵成哪种情况，都会让你不好受。

求人办事的
正确打开方式

——

那些在生活上、事业上都无比平顺的人，想象不到求人到底有多难。《倚天屠龙记》中，金花婆婆陪老公去明教附属的蝴蝶谷看病，怎么求人都挂不上号，还被拒诊，这种叫天天不应叫地地不灵的痛苦让人同情——求人真难啊。

古人说"求人不如求己"，真是一点没错。求人这么难，没事儿谁肯放下身段觍着脸地去求人呢？但生活中怎么会永远一帆风顺，怎么会有"万事不求人"的理想状态呢？比如说，生病去医院挂不上号，做生意时出现资金紧缺……碰上这样的事情，如果不想坐以待毙，那就得求人。

求人办事是人生中必须学会的一种重要能力，先打破"万事不求人"的心理，也不要抱着"反正不打算解决问题"的心态而破罐子破摔，然后才能去思考如何用正确的方法有效地求人。

求人是给人添麻烦的事情，因为出发点首先是利己，某种程度上就要"损人"——比如向人开口借钱，求人帮忙办事，不是出钱就是出力，再不然就是出人脉资源，等等。让被求的人心甘情愿地答应舍弃自己的利益来帮助你，从人性的角度来看，不太可能。所以，求人办事一定要有方法和技巧。

有的人通过巧妙的方式求人办事，实现了双方受益的结果，一方面解决了自己的问题，另一方面使帮忙的人也获得了正面激励。这样双方的交情因为一次求人办事而正向加深，把求人办事演变成了一种融洽关系、增进情谊的工具。

《笑傲江湖》日月神教中有位长老叫上官云，他求人办事就很有技巧，几乎每次都能有求必应，而且越找这些人帮忙，这些人越喜欢跟他打交道，关系也越来越铁。仔细研究他求人办事的技巧不外乎，求人办事时不仅不能损害对方的利益，相反还要在自己能力范围内给予对方更多的补偿。也就是说，他在这方面求人帮忙时，同时会在其他方面给予别人帮助，以达到某种程度的平衡。

相比起来，有的人找同事帮忙办事，大到帮助解决一个业务难题或生活难题，小到帮助做个演示文稿（PPT）或者报表，可人家帮完后，你却没能在其他方面弥补一下人家的损失——为帮你所花的时间与精力，这就让人觉得你把他当义工了，显得非常不合情理。

《倚天屠龙记》中，金花婆婆去求明教附属医院的医学专家胡青牛帮忙给老公看病。胡青牛医生非"不能"，而是"不愿"，因为天底下没有他治不好的病。明明是他最擅长的领域，为什么他不愿意答应帮助金花婆婆，这就很值得思考了。

我们来看看金花婆婆是怎么求人的。她想找专家给她老公看病，先是去攀交情，因为自己和胡青牛曾经是明教的同事。但是十几年前的这

点交情不起作用了，在胡青牛眼里，这点交情没有规矩重要。金花婆婆被拒绝后很生气，就开始撒泼不讲理了，以武力威胁胡青牛。可惜胡青牛也很偏，哪里会怕她的威胁呢？所以胡青牛最终还是不肯答应帮忙。

求人办事需要技巧，不要以为交情可以随时用来求人办事，也不要以为别人帮你都是"顺便"那么简单。金花婆婆所犯的错误就是，在该谈利益的时候她偏偏只谈交情。而当对方没有答应她的时候，她就撒泼、威胁、道德绑架，无所不用其极。人家帮你必然要花费大量的时间、精力或者资源，可是人家如果正好没有时间、精力或资源的时候，拒绝你也是理所当然的。人家不帮你，也很有可能是人家知道即便帮了你，你也并不会考虑到人家为了帮你这个忙受到了什么样的损失，甚至在帮你的过程中一旦有纰漏，你还可能横加指责。所以，谁敢帮你呢？

金花婆婆和上官云都是在找熟人办事，为什么一个失败一个成功呢？归根结底，利益才是人熟好办事的核心。上官云之所以求人办事时有求必应，是因为上官云一是有分寸，能替他人考虑，考虑被求的人的利益，也不会让被求的人为难。二是总是在合理范围内经常"铺路架桥"。平时就维护好职场的各种关系，但凡他开口求人，被求的人大多愿意借此机会还他一个人情。而像金花婆婆这样的人一味地认为"人熟好办事"，但我们知道，十几二十年不联系的同事，人情早已所剩无几，关键时刻却想临时开个户去大量透支，怎么可能呢？此外，求人帮忙的时候，深深地触犯了他人利益，这件事情如何能成，关系又如何能平衡呢？

试想一下，如果金花婆婆早早明白求人办事的关键，用正确的方法有效地求人，那么她的命运或许就会被改写了。

不是所有位置
都能随便混

——

　　有些人觉得，位置只是位置，不管个人能力如何，如果上面有人，随时都可以空降到这个位置上。但现实会残酷地让他认识到自己的能力与位置是不是匹配的。那些没背景没能力的人只会一味地"意淫"某个位置，经常在心底里暗骂：领导那么蠢，居然也可以坐这个位置。他们恐怕很难真正认识到，自己缺的究竟是什么。

　　大金国赵王府的小王爷杨康是那种抓了一手好牌的人，他是赵王爷的继承人，王府所有的产业以后都是他的。对他来说，天底下没有什么事情是他老爸搞不定的，至于想去什么位置上坐坐，增加一点人生阅历和工作经验，不就是他老爸一个电话一张条子的事情吗？他认为这是个"拼爹爹"的时代啊，因为"我爸是大金国赵王"，所以人生处处开了外挂，可以轻轻松松超越很多同龄人。

　　这位"官二代"的日常生活虽然要多纨绔有多纨绔，招猫逗狗闯红灯，当街调戏小姑娘，但人家也是个"有抱负"的"官二代"。生在王府，天然处于鄙视链的最上端，杨康有很多资源来支撑自己实现远大

"抱负"。比如，他想在官场上历练，他爸就可以帮他轻松地搞到一官半职——大金国钦使。有了这个头衔出门，走到哪儿都是众星捧月，迎接他的全是鲜花、掌声和赞美之词。

杨康这位神通广大、权势显赫的老爸虽然只是他的养父，但这位养父从没把他当外人，还呕心沥血地栽培他，并拍着胸脯向他承诺："那时我大权在手，富贵不可限量，这锦绣江山、花花世界，日后终究尽是你的了。"确认过眼神，这位养父是掏心掏肺地想要把手中的权力、资源传给杨康的。

按养父的意思，杨康未来要继承的不仅仅是一份家业，而是锦绣江山。心有多大，舞台就有多大。这句话，倒过来说也没毛病。杨康的舞台够大，起点够高，自然也雄心万丈：我所想要的，便必然能得到。

一个成天想着如何玩转权力、盘活资源的人，尽管不像普通人一样积极去掌握行业资讯、参加学术会议和交流，以此了解行业动态，但人家眼中所见、耳中所听，全是筛选过后的各种升迁、职位补缺等信息。这就是"专注""用心""敏锐"。机会总是留给有心人的，杨康就是有心人。

《射雕英雄传》里，在临安牛家村，那个著名的夜晚，多少人从郭靖和黄蓉的旁边路过，但是谁也没有在意他们遗落在小酒馆里的那根绿色竹棒。只有杨康看到了，并以自己的聪明才智判断出它的价值，这样才有了他凭借这根绿色竹棒去竞争天下第一大帮——丐帮的帮主之位的后续情节。

丐帮作为天下第一大帮，有着几万名弟子，对于杨康而言，如果能抓住机会，坐上帮主位置，就意味着未来将有数万人马可以供自己调遣使用。一个有政治抱负的人，手上最不能缺的就是可用之人，当上丐帮帮

160

主后，还可能号令各路英雄豪杰，简直是如虎添翼。

杨康敏锐地捕捉到了丐帮另立帮主的信息，在去应聘前，他认真地思考了获得这个位置的成本和回报。但杨康从来没有想过，天底下也会有他坐不了的位置：领一群丐帮员工，打理一个拥有数万名员工的企业，可绝不是当个小王爷或者做个大金国钦使那么简单。不同的位置，需要的能力是不一样的。

杨康显然一味地放大了自己在人脉资源方面的优势，而忽略了帮主这个岗位的具体要求。所以在面试大会上，在丐帮一众高管面前，杨康简直就像被扔进了油锅里煎炸，从皮肉到灵魂都受到巨大的考验。

杨康使尽了毕生所能，用自己在养父那里学会的一套政治手腕和权术，随机应变，按照求职的需要，精心编造了自己的履历，再加上"见义勇为帮助前任老帮主，终获帮主信任和重托"的故事，本以为这个敲门砖完美无缺，但结果还是败给了硬核学霸黄蓉。

在丐帮应聘失败，杨康被狠狠地打了脸：这个世界原来并不是以自己为中心的。你可以在你老爸的荫庇下做小王爷、做大金国钦使，但是，当你的能力不符合丐帮帮主的岗位要求时，这个位置便不会那么轻易地让你捡了漏。

在现实生活中，很多人在求职中可能也用过杨康式的系列操作，比如，编造假学历、假履历混职场，或者靠送礼、走门路、耍权谋去运作某个位置。你说会成功吗？不排除有一定的成功概率。只不过，这次杨康偏偏成为这个概率里的分母。所以也有人说，这次他没成功不过是因为运气差。

但是那些侥幸成功的人呢？在金庸小说里，同样是在丐帮，有人在不同时期用过类似杨康的操作，恰好运气也不错，成功了。这些小概率正是杨康们所想的：不就是做个帮主吗？只要有机会坐上这个位置，谁还不会做帮主呢？但是侥幸成功后，帮主这个位置真如他们所想的那么简单吗？

《天龙八部》里，一个叫庄聚贤的人在他人的精心策划下，不劳而获，坐上了丐帮帮主的位置。而丐帮的集体智商慢慢恢复后，他分分钟就被赶下了台，那些在背后操控的野心家们也被丐帮群雄灭掉了。

《倚天屠龙记》里，陈友谅跟他的师父苦心下了一盘大棋，先是除掉了丐帮前帮主，然后逼一个长相与前帮主神似的小混混成天坐在帮主的位置上指点江山。原以为天衣无缝的谋划，最终还是被人识破，阴谋家们被驱逐出帮。

显然，混得了一时，混不了一世。有些人因为背后有资源，因而可以长年混在某个位置上，也的确有些位置是可以混的。比如，在你老爸创办的家族企业里，你想怎么混就怎么混，混砸了也没人追究你的责任，反正有你老爸的钱可以烧，有你老爸的智商可以撑着。比如杨康，在赵王府随便混，做个大金国钦使也可以随便混。即使杨康去大金国的某些帮派挂些虚职，替这些帮派在金国朝廷争取些政治资源和经济投资，也都是挺合适的。只是，要想去坐天下第一帮派丐帮混帮主的位置，没有真本事，就不那么好混了。

职场上也一样，很多重要位置上，如果身在其位者没有真才实学，即便一朝靠造假蒙混过关，或者送礼走门路运作成功，也终究是坐不长久的。就好比说，有人造假学历得到了某个大公司的职位，可是知识不能作假，买得来学历，买不来能力。

归根结底，在职场上，位置和能力之间是需要匹配度的，靠不了运气，也靠不了爹……

韬光养晦
不是永远按兵不动

————

　　即便是像明教这样江湖上的超级大公司，其内部的资源、职位也都是有限的，公司里人才济济，竞争激烈，不可避免地会出现公司政治。没有人喜欢公司政治。小人物在公司政治狭窄的生存空间中挣扎，整日忧心忡忡，而那些搞公司政治的人斗来斗去，在这个过程中谁能笑到最后呢？

　　搞不搞公司政治跟公司的规模大小没关系，而与公司的风气有关。有的公司虽然人数少，但每人各自为政，员工之间的钩心斗角也异常激烈。《神雕侠侣》中，古墓派传了几代，一共不到十个传人，但为了本门的一本业务秘籍，李莫愁动不动就去找小师妹的碴儿，而她的徒弟洪凌波却背着她意图独吞。《笑傲江湖》中，恒山派同样是一家女性团体，人数众多，身份多样，僧俗弟子都有，然而职场环境却异常清静，大家日常连评先进、升职和涨薪的事情都没争过，甚至连掌门人的位置到底要传给谁都没人关注。

　　明教公司有外资背景，实力雄厚，当年在一把手阳顶天的掌舵下，

165

大家士气高涨，众人拾柴火焰高，赢来了明教最辉煌的时期。但阳顶天失踪后，公司的政治格局瞬间动荡起来。那些高管们不再齐心协力地推动公司发展，都开始停下脚步观望，甚至有人千方百计地想要独吞公司这块巨大的蛋糕。这时候，公司政治成了主流，为争夺一把手位置的斗争瞬间就进入了白热化阶段。

由于明教几大派系之间的实力都势均力敌，所以在十几二十年的斗争中，各方一直处于胶着状态，难分胜负。斗争的过程对于每个参与者来说，都是智商、情商、体力的巨大挑战。最后，明教光明左使杨道在韬光养晦十几年后获得了阶段性的胜利。

回顾这场轰轰烈烈的政治斗争，其实杨道也不是唯一有实力的竞争者。只不过相对其他人来说，杨道的职位最高，在明教的具体职务是光明左使，按照明教的机构设置，光明左使是相当于一人之下、万人之上的重要职位。

当然了，作为光明左使，岂能没几把刷子？明教的位置可不是随便混就混来的，更何况像光明左右使之类的重要业务岗位。所以，武功高，这是标配，就好比你不考托福、GRE，你出什么国、留什么学？更厉害的是，杨道有学术研究能力的加持，写过学术类畅销书，诸如《明教流传中土记》。此外，杨道熟读兵法，有将帅之才，后来他还指挥明教弟子对抗六大门派的围攻。

但职位高，并不是杨道取得阶段性胜利的唯一条件，一位竞争者曾直言不讳地跟他说过："杨道，你不愿推选教主，这用心难道我周颠不知道吗？……可是啊，你职位虽然最高，但旁人不听你的号令，又有何用？你调得动五行旗吗？四大护教法王肯服你指挥吗？我们五散人更是闲云野鹤，没当你光明左使是什么东西！"

竞争者为什么出言如此犀利？因为阳顶天教主失踪后的几十年里，明教一直没有产生新教主，杨逍就是代理教主。驾驭特殊时期的光明左使和代教主这样的重要职位，不是那么容易的，大家一个个红了眼地盯着他呢。不管服气的、不服气的，温顺的、桀骜的，个个都巴不得他出点娄子，这样大家就可以光明正大地讨伐他，将他赶下台。

在复杂的公司政治中，杨逍很清楚自己的优势和劣势，在众目睽睽之下，自始至终走的是低调路线，甚至还把办公室远远搬离了明教公司总部——光明顶。

杨逍的韬光之术与刘备的不同，而是另辟蹊径利用自己天生的一副好皮囊，开始走风流倜傥的把妹达人路线。他用实际行动告诉领导和同事，我杨逍的人生终极目标不是权力，而是姑娘，人生在世，逍遥享乐。他用普通男人的毛病遮掩住了自己的七分才华、三分野心。

于是，那边对手们斗得硝烟弥漫，这边他步步退让、逍遥自在，追姑娘、谈恋爱。别人渐渐地看不清也不再关注他到底在玩什么花样了，这就是杨逍韬光养晦计划里的第一步——转移对手的注意力。他这一招做得非常成功，大大减轻了竞争对手对自己的提防。

当然，韬光养晦并不是永远不做反应，也不是永远按兵不动，而是需要在合适的时机里锐意进取，一战成功。杨逍韬光养晦计划的第二步就是出击，而且务必百发百中。一把手位置的空缺，肯定不是长久之计。杨逍斟酌再三，仍然没有主动出击一把手的位置，而是对外开始慢慢物色合适的教主人选，直到碰见优秀青年张无忌。杨逍对他的人品、能力一见心折，当下就举荐张无忌为教主。至此，杨逍非常逍遥地保全

了自己的利益，不费一兵一卒，不但妥妥地占据着副总裁职位，股权也一分不减。杨逍算不算明教这出权谋大剧中的赢家呢？

　　在职场上，一旦你身陷公司政治的斗争中，不管愿不愿意，只能硬着头皮打下去，这原本就是一场生存保卫战。如果在斗争中选择了韬光之术，那么用得好不好、分寸对不对，会是决定成败的关键。很有可能，如果你退让得过远，导致鞭长莫及，错失良机，等不到你想要的时机，对手就早已淘汰掉其他人而稳稳地占住先机了；而退让得太少，自然让人觉得你是欲盖弥彰，看，你满脸还写着野心呢。

职 场 点 拨

1．三十年河东，三十年河西。谁能预料今天一个四处求人的底层小职员，多年后就是某个领域的成功人士呢？所以收一收飞扬跋扈、欺压弱者的心，其实也是给自己留了机会，正是俗话所说的：凡事留一线，日后好相见。

2．一定要克制住"看人下菜碟"的习惯性冲动，毕竟每个人身上都没贴着标签让人能准确识别他是谁，一旦你乱下菜碟，就很可能是搬起石头砸自己的脚。

3．同事之间的来往，要保持适当的分寸，君子之交淡如水。你可以跟同事在八小时以外的时间撸串、喝酒、唱歌，可以谈诗词、谈人生、谈哲学，但是不要轻易跟同事分享自己的隐私，不要像尹志平那样在同事面前毫无保留地来一场思想裸奔，这是职场交往中的一条铁律。

4．在职场上，位置和能力之间是需要匹配度的，靠不了运气，也靠不了爹。如果身在其位者没有真才实学，即便一朝靠造假蒙混过关，或者送礼走门路运作成功，也终究是坐不长久的。就好比说，有人造假学历得到了某个大公司的职位，可是知识不能作假，买得来学历，买不来能力。

170

第 六 章

职场
不相信眼泪

道路千万条，理性第一条。
放下"玻璃心"，放下"受害者情
结"，做一个乐观理性派，在职场
上找对位置和方向。

职场不是
快意恩仇的真空

——

曾经有一条很火的微博讲：工作中不要骂年轻人，因为年轻人无牵无挂，说辞职就辞职了。这个段子可以用来解释《神雕侠侣》中全真教赵志敬和杨过的故事。可惜赵志敬身为领导，并不懂得年轻人的想法，仅仅是因为看不惯就经常打骂年轻人，结果年轻人说辞职就辞职了。全真教损失很大——杨过后来在古墓派大放异彩，成了一代武学大师，据说还与东邪、南帝等人在华山论剑，被封为"西狂"。但从年轻人杨过的个人成长来看，当年负气从全真教说辞职就辞职，一定就是最好的解决方式吗？不见得。

杨过年轻时在全真教待了不到半年，就因为跟顶头上司的关系恶化而愤然辞职。这种敢于炒老板鱿鱼的事情真是令人舒爽。的确，这也是大多数职场人敢想却不敢做的事，尤其是中年人，上有老下有小，还有高额房贷，再加上无论创业还是跳槽都有风险，所以，如果不能稳妥地解决后顾之忧，谁敢这么任性！尽管大家都觉得自己曾饱受委屈，但是一想到辞职后的生计和再就业的问题，就会默默地咽回那句勇敢的"我

173

要辞职"，继续忍受委屈。

在职场上，所谓的委屈和挫折都是主观的，由于看问题的角度不同，每个人的感受也会不同。比如在和同事竞争某个项目时自己失败了，有的人会觉得委屈，然后怀疑同事使了手段、领导偏了心，最后得出的结论是领导和同事都在欺负我一个新人或者老实人。也有的人虽然觉得这是挫折，但是能从中看到自己的问题，确实是自己的实力差了一点、自己的方案还不够完善、自己执行的细节还不够到位。一想到找到了问题的根源和解决方案，兴奋还来不及呢。

如何看待职场上的委屈和挫折，反映出来的也是心态问题，你将它解释成什么，它就是什么。但这个解释和心态会在一定程度上影响自身在职场上的发展。只关注个人情绪和感受的人，会放大负面的一部分感受，某件事情让自己委屈了，会有很大的挫败感。关注到自己能力问题的人，却能在挫折中找到一条可以解决问题、通向未来的路。

大家都知道，杨过不是通过正常招聘途径进的全真教，而是走了父亲的义兄郭靖大侠和全真教高管丘处机的关系。他在入职的第一天就不幸得罪了顶头上司赵志敬，但这并非他主动造成的。当郭大侠带着杨过前去全真教报到时，因为一场误会而与全真教的后辈们起了严重的冲突。冲突中，郭靖揍了很多人，其中就包括杨过未来的顶头上司——赵志敬。等郭靖和高管丘处机见面后，误会自然烟消云散了。但是，丘处机当众狠狠地骂了赵志敬，导致赵志敬大伤面子。巧的是，丘处机又将杨过分配到赵志敬的部门，指定赵志敬直接带新人杨过。

赵志敬将账全记在了杨过头上。在后面的工作中，赵志敬想方设法地报仇雪恨，不仅将最苦最累的活儿派给杨过，而且从来不教他任何武功，只拿一套内功心法口诀让他背着敷衍了事——想想如果你的领导既不给你客户资源，也不让你出去开拓资源，光让你在办公室里做表格，但表格做得再漂亮也没用啊。杨过觉得很委屈，自己来全真教，就是想踏实学本事，结果倒霉透顶，碰到一个处处折磨自己的上司和趁机坑人的同事。杨过觉得自己在全真教真是待不下去了。

职场上遇到这样的上司确实是挺倒霉的，但是换个角度来看呢？正因为上司的折磨，最苦最累的活儿交给我，我如果还能想方设法把它干好，这算不算一种历练？就好比励志格言说的："你的努力要配得上你受过的苦。"如果上司什么也不教我，但我还能用心在公司，只要留心观察总能找得到优秀的榜样，向他们去学习如何更好地工作、更好地处理人际关系、更好地规划未来，这算不算因祸得福？

年轻人杨过并没有想办法来解决跟上司之间的问题，而是放大了自己的情绪。他只感受到上司、同事对他的敌意，所以他在无形中不断强化这些对立关系，强化自己内心的委屈。慢慢地，他对整个全真教都失去了信任，觉得这个地方糟糕透了，学不到东西，甚至想：全真教一把手的能力还没有郭靖伯伯的能力强呢，他们给郭伯伯提鞋都不配。他并没有去想如何解决问题，比如说，要不要去跟上司沟通，消除误会，修复关系。情绪化的他只是张牙舞爪地挥着拳头一顿乱打，结果与上司的关系越来越僵，裂痕越来越大。

后来，在某次业务技能大赛上，赵志敬公报私仇，直接让杨过得了个倒数第一。杨过输得很难看，年少轻狂的他，自尊心极强，因而在上司面前他永远一副决不妥协的姿态。他明明知道上司对自己不满，还当众搞得上司灰头土脸，一把火再次点燃了上司的愤怒。结果双方关系直

接崩掉，杨过当场提出辞职，扬长而去。

辞职后的杨过从此就彻底跟前一段职场拜拜了吗？不，离开那个让自己厌恶的上司后，杨过的麻烦还没完。这一段职场生涯中跟上司结下的死结给他日后的人生埋下了雷。杨过离开后的最初几年里，在赵志敬的"不懈努力"下，杨过一直背负着全真教领导和同事们"赠予"他的无数骂名。更让杨过恶心的是，赵志敬竟然在行业大会上当着天下同行的面指责他，让他名誉扫地；甚至还在他的长辈郭靖和黄蓉面前恶人先告状，说他道德败坏、欺师灭祖，摆出了一副赶尽杀绝的架势，"跟我斗，让你滚出这个圈"！

杨过离开全真教未必是最好的解决方式，当时要解决的问题其实就是改善职场处境，化解上司赵志敬心中的怨愤。搞定赵志敬这种斤斤计较但没什么原则的上司，服个软，低个头，示个好，要重建关系也不是难事。即便还是觉得全真教不是自己想待的地方，就努力想办法客客气气地离开，难道不是更好吗？

虽然谁都不想天天受委屈，但是一言不合就辞职，换到新公司就一定会有新的开始吗？跳槽不是买彩票，万一没有中大奖，下一家公司仍然会有你处不好关系的上司和同事，难道还得一而再再而三地继续辞职和跳槽吗？

在现实生活中，那些看似洒脱的辞职行为并不亚于一场风暴、一场战斗，跟公司或者跟上司闹得像要老死不相往来一样，万一新单位还需要向老东家调查呢？如果新单位收到负面反馈，到时受到损失的还是自己。不是不能辞职，而是没必要把职场当作快意恩仇的江湖，我们今天的每一个选择都可能会影响自己未来的职业发展。

职场上很难真正有快意恩仇这回事，我们以为的"委曲求全"，有时候是另一种意义上的成熟——更清楚自己的目标是什么，眼前的一点委屈和挫折只不过是暂时的，通过成长和提升，必将会跨过去。

"背锅"不是死路，
也不是捷径

　　不想承担责任，自然就想甩锅，这是人性的弱点。在职场上，各种大小事情基本都关联着责任和利益，所以常有实力甩锅者和倒霉背锅者。

　　《笑傲江湖》中华山派首徒令狐冲就是一位倒霉的背锅侠。自从背上领导狠狠地甩来的"偷剑谱的贼"和"杀人犯"两大锅后，人生跌至谷底，从一个前途不可限量的有为青年，到众叛亲离，如同过街老鼠，不过就是一朝一夕的事情。摆在令狐冲面前的选择只有一条——离开华山派，但是离开华山派他也无路可走，因为领导已经写信向整个江湖通告他的"罪行"，以致哪家企业都不敢接收他。甩锅者打算把这两大锅让他背一辈子，这样心里才有安全感。而对于令狐冲来说，在人生很长一个阶段里，都是生活在背锅的阴影中。

　　这样的背锅令人心有余悸，真的是锅在空中飞，出门都得看皇历，稍不留神就被扣上一个，有时还给你来个"买一赠一"。谁知道自己会不会成为下一个令狐冲呢？甩锅的行为是职场上的欺凌行为，跟校园霸凌一样，霸凌者或甩锅者是通过选择来确定霸凌或者甩锅对象的。背锅

179

侠通常是职场上的软柿子，这种人能量小、气场弱，受了委屈还不敢吭声，最容易成为甩锅对象。

令狐冲作为华山派首徒，武林新秀，能力还是不错的，群众基础也非常好，但在强大的领导面前，仍然是弱势一方。至于领导为什么会把那两大锅扣在他头上，选择他来当背锅侠，大有深意。职场上没有无缘无故的爱恨，也没有无缘无故的背锅。简单来说，令狐冲无意间影响了领导谋划的一个大局，而且在未来可能会对领导造成威胁，所以令狐冲必须背锅，必须从此垮掉。

在职场上，有时并不像令狐冲那样会背那么大的锅，以致背了两大甚至可以直接定刑的锅。甩锅和背锅更多发生于一些琐碎的事情上，比如，项目上出了点错，跟你合作的同事不愿共担责任，一口咬定出错的环节是你负责的。但是，无论是领导还是同事给你甩锅，都不会无缘无故。原因要么在你，你的性格、气质和处事方式等让人看起来就是背锅的最佳人选，他们猜测你不会反抗。要么在人，他们不过是找机会公报私仇，可能此前你对他们产生了某些威胁。

这样看起来，职场上的甩锅背锅有点像宫斗剧一样凶险。如何避开他人甩来的锅变成了重要课题。是不是步步惊心、严防死守就可以了呢？比如，跟同事合作任何项目时，脑子里总会有一个问题："他要我这么做，是不是未来想甩锅给我？"领导安排任何一个任务给你，你总会提醒自己："这件事情，领导为什么会安排我做而不是别人做，是不是看我好欺负，让我替他背锅？"

过犹不及，这样条件反射式的"严防死守"等同于给自己设置了一个受害者的模式，每天无休止地循环，提醒自己可能被人陷害。这样草

木皆兵，会破坏自己的整个职场节奏，影响职场心态，这根本不是避开甩锅的最好方法。

令狐冲背了那么长时间的锅，从来没有陷入受害者模式中，并没有成天担心可能出现的"捅刀""甩锅"，而是把那些严防死守的精力放在了提高自身能力上。终于有一天，令狐冲练成了独孤九剑，并且用业务实力和道德人品证明了自己。这段漫长的"背锅史"让他有了经验来应对各种类型的甩锅，最重要的是，磨炼出了良好的心理素质和强大的抗挫折能力，最后才铺就了通向掌门人的成功之路。这算是背锅背出来的精彩人生吧。

背锅不是死路一条，而是千百条艰辛的职场路中的一条。谁会知道自己在职场上踏上哪条路呢？

还有与令狐冲的遭遇相反的一种情况，那就是有人会心甘情愿地主动去背锅。这听起来让人觉得不可思议，但背锅者的动机和目标很明确，关键是看替谁背锅。比如说，当领导的某个错误决策引发危机时，在众目睽睽之下，有的下属就会挺身而出说："这都怪我自作主张，所以才犯了这样的错，请惩罚我吧。"这样主动为领导背锅，巧妙地维护了领导的面子。在职场上的互动中，你已经把事情先做好了，至于领导会怎样对待你的"识大体，顾大局"，那就看领导了。毕竟，球已经踢到领导的脚下了。

很多时候，下属主动替领导背锅，领导不会无动于衷。所以，在一些人眼里，替领导背锅常常可以变成职场"进步"的阶梯。桃花岛传人陆乘风就替师父黄药师背过锅：黄药师曾经十分暴虐地将几大弟子全打断了腿赶出桃花岛，既导致了桃花岛门下后继无人，也使得几大弟子命运多舛。这个错误明明是黄药师一手造成的，陆乘风完全可以当着天下英雄的面列出黄药师的罪状，如果还不解气，甚至还可以往黄药师身上再多泼一点脏水。但是陆乘风并没有沉溺于个人的委屈情绪，也没有放大受害者心理，反而诚恳地站出来对黄药师说：都怪弟子不听话，惹师父生气；都怪弟子没练好武功，给师父丢了脸。

这样主动替黄药师的错误背锅，首先就缓和了两个人原本对立的关系，并开始逐渐良性互动起来。黄药师不是铁石心肠，也不是道德沦丧，弟子顾全了他的脸面，他自然会用各种方式来偿还弟子的情义。比如，他间接地将精心研发的几门得意武功教给了陆乘风，还帮陆乘风的儿子娶了媳妇。

陆乘风的背锅完美演绎了"背锅是职场进步的阶梯"。正常情况下，背过领导的锅后，大概可以成为领导的嫡系，可以因此去邀一番功。但事情并不完全如此。比如，令狐冲替领导岳不群背锅，处境却一天比一天差，并没有出现我们想象中的好处。这就是说不见得"投之以桃"，替领导背了锅，领导就"报之以琼瑶"。令狐冲碰上了一个爱甩锅的领导，而黄药师可不是爱甩锅的领导，人不一样，动机和处理事情的方式自然也就不一样。都是替领导背锅，结果可能就差出十万八千里。有的背锅者可能很快就成为领导的嫡系，进入职场上升的快车道；也有的背锅者背得比窦娥还冤，日子过得比"小白菜"还惨。

所以，背锅并不见得是一条职场捷径。谁知道你碰上的领导是黄药师还是岳不群呢？

背锅的职场戏码随时都可能上演，有人把它当成晋升捷径，未必不是冒风险，也有人被它折磨得不轻，但未必不是凤凰涅槃的契机。不过，如果陷入受害者的循环模式就真的是死路一条了。人生中祸福相依，职场也一样。调整心态来看待背锅，兵来将挡，水来土掩，没什么大不了。

合作才能共赢：
左冷禅的败局分析

———

　　"合作共赢"虽是一个很现代的词汇，但这个词汇蕴藏的精神内核并不新，跟"互惠互利"差不多。比如《三国演义》中刘备采纳诸葛亮的建议，组建孙刘联军，最后打败曹操。再比如，"中神通"王重阳联合"南帝"一灯大师，把两大派系的武功做了大融合，最后破了西毒欧阳锋的功力，使中原武林得到十数年的安宁。刘备、王重阳等人用的就是共赢思维，他们通过合作使得双方获得更大的利益。

　　《笑傲江湖》中，嵩山派掌门人左冷禅不是不懂合作共赢，而是不想用。一开始他正是借合作共赢的态度，赢得了几家兄弟单位如恒山派、泰山派等的支持，成功组建了五岳剑派联盟。但明眼人早看出来，他的合作共赢只是表面功夫，实际上他只想一家独大，吞并其他四个门派。这就不是合作共赢的事情了。

　　左冷禅凭着自己的才华和实干精神，在很年轻的时候就当上了嵩山派掌门人，起点很高，气势锐不可当。在制订嵩山派百年发展大计时，他仔细摸过四家兄弟单位经营状况和人力资源状况的底，并逐一分析出

185

他们各自的优势和劣势。经过一番精密筹谋后，他利用嵩山派的绝对优势和话语权，先是组建了联盟性质的五岳剑派，由他出任首届盟主。表面看起来，这的确有合作共赢的诚意在，但是，他私下里的小动作却在配合他的终极目标——吞并这四家兄弟单位。待五家合一之后，成立一个更大规模的江湖门派——五岳剑派，而自己将出任新门派的掌门。

左冷禅大约是嵩山派开派几百年来野心最大的掌门人，他给嵩山派绘制了宏伟蓝图，做出周密的规划部署，并将嵩山派带入高速运行轨道，使它有望在不久的将来成为可以比肩少林、武当的大门派。当然，左冷禅的为公即是为私。为嵩山派的发展壮大，只是左冷禅雄心的一部分。另一部分则是出于个人品牌的考虑，左冷禅未来不只是嵩山派的左冷禅，更是五岳剑派的领导者，也许未来还是整个武林的盟主。心有多大，舞台就有多大。他的梦想变得越来越大，驱使着他有了更清晰的奋斗目标。

左冷禅是实干型人物，勾画好蓝图后就立即投入人力、物力开始撸起袖子大干一场了。他在江湖上积极地抛头露面，出席各种活动，四处营销自己的"合作共赢"理念。但是，他的一切行动都成了"司马昭之心，路人皆知"，引来江湖舆论一片哗然。有人讽刺为野心，有人称为痴心妄想。江湖上几大巨头对左冷禅的才华都不否认，给他贴过几个标签："武功了得""心计也深""才大志高""左盟主文才武略，确是武林中的杰出人物。不过他抱负太大。"……

左冷禅不会不知道别人对自己的评价，只是无所谓。要做大事的人，自然不会被一些干扰的话语轻易阻挡。说野心也好，妄想也罢，难道就要像其他几个山头的兄弟那样平平庸庸地过下去？左冷禅早就看他们不顺眼了，那些人一个比一个佛系。衡山派上至掌门人下至底层弟子都爱玩音乐，拉二胡的、玩古琴的，足可组出一个男子十二乐坊，门派发展的路子早就跑偏了，忘了江湖人士的初心。华山派岳不群夫妻的武功不算高，弟子也不多，还没什么钱，但都不贪心，日子过好过坏反正也饿不死。恒山派、泰山派基本也是什么都不干，得过且过地各自养活着几百号人。

兄弟公司这种半死不活的状态，早晚会被市场淘汰。而左冷禅打算合并他们，让恒山派、泰山派、华山派和衡山派这些名字在江湖上消失，最后只有一个由他主导的五岳剑派，将他们进一步整编，优化管理，一起奔向新目标：成为一个江湖上鼎鼎大名的江湖门派。这难道不是在"悲天悯人"，难道不是在为那些没有发展前途的公司"雪中送炭"吗？

多年经营管理门派的经验让他清醒地认识到，这四大山头的兄弟公司尽管都是人浮于事，根本就没什么实力可以对抗嵩山派，依靠武力完成征服是没太大问题的，但五家真合并起来，才是困难重重，首先涉及人事、制度、业务、财务等诸多方面的合并，合并之后，人心安抚和业务运营等工作也不是小事。所以，完成五岳剑派的合并是嵩山派历史上最巨大的一项工程，当然不是他一个人就能实现的。他需要大量用人，需要人们来为他的理想添砖加瓦，最后成就嵩山派，成就他个人的价值。

左冷禅懂得拉拢人心，在嵩山派的内部，不知是精神感召还是利益分配得当，或者说他在用人之际对部下非常诚恳，总之，他一直不缺人手。

更厉害的是，这帮忠心耿耿、唯左掌门马首是瞻的嵩山弟子将他的理想当成了自己的理想，他们走到哪里，就将左掌门的名字、精神和战略带到哪里。他们卖力地推广"左盟主""左师哥"的梦想和合作共赢战略："左师哥他老人家有个心愿，想将咱们如一盘散沙般的五岳剑派，归并为一个五岳派……" 对于诸如"五岳剑派，同气连枝"一类的标语，但凡在场的人都是想忘也忘不掉，听起来，左掌门是真心要跟大家合作共赢的。

嵩山派弟子的工作很辛苦，他们常年都需要在全国各地出差，卧底的、掺沙子的、放烟幕弹的、围追堵截的，各司其职，但从没人有怨言，也没人跳槽。算算嵩山派弟子一年出差的人次和时长，不能不说左冷禅的调度能力强大，而且嵩山派的家底儿也实在不错。

但是，左掌门面对四家弱小的兄弟单位，却完完全全是另一种心态和姿态。左冷禅只是想征服和合并这四家单位，嘴上说的是合作共赢，实际上却从没想过给任何一家分一杯羹。所以，在嵩山派外部，除了他重金收买的那些人，其他人谁也不会相信他所说的话。他的合并理想只是他的一厢情愿。

左冷禅其实是个非常高明的棋手，在嵩山之巅布了一盘大局，每一着棋下得非常谨慎，身边的人也非常给力，但他轻视了外部合作关系。正是轻视这一着棋，才使得他苦心经营的整盘大棋最后输掉了。他的败局来自外部力量，他遭遇了四个兄弟单位的强烈抵制，没有人想要他以这种方式合并。凭什么把自己盘子里的奶酪送到你左冷禅嘴边去呢？至于你的远大理想，跟人家半毛钱关系都没有！所以，无论左冷禅怎样枉费心机地强势打压和围追堵截，那几个小门派即使再弱也有人敢跟他斗争到底。

职场上要有共赢心态，这样才能保持两个人、两个部门或者两个公司之间的可持续发展。以左冷禅的才干和野心，如果从一开始就持合作共赢的心态，五岳剑派的合并未必会失败。

职场不相信眼泪

先别忙着说，职场不相信眼泪。这需要具体情况具体分析，因为总有例外。比如，《笑傲江湖》的开头有一场精彩大戏，仪琳因公外出时受到坏人欺负，回到领导——定仪师太身边时，她就抹着眼泪倾诉自己的遭遇，令读者意外的是定仪师太那么一个火暴性子的人，竟然能积极回应她，给予极大的包容和同情，还激起了对坏人不共戴天的义愤。仪琳这场梨花带雨效果真是太好了，确认了领导对自己的关爱之情，我们由此也大可以断定，仪琳平时在领导心中的重要性。

不过，职场上掉眼泪并不是百用百灵、有普适性功能的招儿，不要以为仪琳亲测有效，我们就可以有样学样地任性使用。严格地说，它需要综合考虑以下几个因素：在什么人面前流泪有用，在什么场合下流泪有用，在什么事情上流泪有用。

如果以上问题都找不到准确的答案，那么盲目使用掉眼泪这一招必将带来不良后果。就好比说你明明就是古墓派的洪凌波，偏偏学仪琳小师妹，弄巧成拙。这位洪凌波师姐的职场命运是这样的：如果她在外面受了委屈挨了打，回到公司里哭唧唧的，她的领导李莫愁一定不会有好脸色："哭什么哭？落后就要挨打，脑子不好就会交智商税。你觉得你有什么脸哭？还不赶紧加班去？"

虽说这类领导的说话艺术确实有待提升，话说得让人无法接受，但她字字又直指真相——你的业务不精。业务不精的后果是你在现实面前四处碰壁，有时还不是你一个人面子受挫的问题，公司也在为你的业务不精而埋单，比如说，可能导致客户流失或者经济损失。这种情况下，对比光想着自己委屈而去哭唧唧的你，领导恐怕更希望看到一个去汇报补救方案的你。前者给人的印象是拎不清轻重，又易于陷入个人的情绪之中；后者给人的印象是积极上进，有错能改，有可塑空间。所以说，我们无论如何都要克服掉眼泪这种廉价的自我怜悯的习惯，要抓紧时间去学习，即使取得一点点的进步，也比眼泪值钱得多。

职场是不会相信眼泪的。不要过多期待你的领导会像培训班老师一样，手把手地教你每一个业务该怎么开展、每一个报告该怎么写；也不要过多期待你的领导会像心理咨询师一样，能耐心地倾听你在客户那里受过的委屈和业务开展时的艰难，当你错了、当你业务能力不足时，还要翻来覆去地安抚你说"这不是你的错"。

那些动不动就利用掉眼泪来卖惨、博同情、博资源的员工，如果领导在同情他、支持他，你不觉得这个领导的选人标准和用人策略是有问题的吗？对于其他敬业且能力强的同事来说，这样难道公平吗？谁弱就要优先照顾谁？

洪凌波是会判断职场形势的，用仪琳那一招反而更招领导嫌弃。她在跟着领导李莫愁外出办事的时候都是尽心尽力的，但因为业务不算太精，所以发挥不稳定，时好时坏，掉链子时，总是会遭到她那个情绪化的领导批评。因为业务不精挨了批评或者经常挨批评怎么办？没面子是肯定的，掉眼泪是万万不可以的，洪凌波的策略是忍下去就好了。

但仅仅是忍着不掉泪，似乎还不是职场的最优解。一个拥有成长型思维的职场人士，哪怕一开始能力不足，都会通过学习来弥补自身不足，改变职场命运。只有最终抵达了提升自我的层次，才算完成了真正意义上的成长。

故事从头到尾，我们见到李莫愁多次批评洪凌波业务差，却没见到洪凌波精于业务学习，最终在能力上有质的飞跃。从某种意义上来看，这是一个业务不精的职场人士的自我放弃。洪凌波选择了做一枚不思考、不作为的棋子，进退的决定都交给他人。结果是，李莫愁在陷入生死危机时，连想都没想就将她拉出来牺牲了，这就打破了洪凌波苦心维持的职场状态，她原本以为谨小慎微、死心塌地就能保障自己在职场上顺水顺风，其实这是根本不可能的。越是想要维持这种安逸状态的时间久一点，越是不想去打破舒适圈，最后的结果越是被动。

职场不相信眼泪，也不需要像洪凌波这样一忍再忍，忍到最后还是像棋子一样被牺牲掉。所以，还是多来点儿硬核能力吧，就像《射雕英雄传》里的梅超风那样。别看她是个不招人喜欢的大反派，但是她在逆境中苦练功夫确实超过了很多人——她和师兄师弟们一起被暴脾气师父黄药师赶出了桃花岛，刚被赶出来的时候，像大多数劳动合同上的乙方一样，梅超风并没有真正有效的自我保护能力和议价能力，十几二十年来都依赖于公司生存，一朝被炒了鱿鱼，还被老板在行业内进行了封杀，不要说谋发展，就是想要谋生存都变得十分艰难。

梅超风即便想哭，又哭给谁看？想抱怨，又能抱怨给谁听？不过，

以后我规定
办公室里也能下棋。

193

以梅超风的要强，她大概是不屑于以哭来示弱的人吧。

被赶出来的梅超风后来怎么样了呢？她深居简出，在大漠一待就是十年，这十年中她和师兄陈玄风算是真正下了一番苦功夫，卧薪尝胆，不断精进。最后重出江湖的时候，大概除了她师父和其他几位泰斗级的武学大师，一般江湖人士都不是她的对手，远远地超过了同时代的同龄人。过去在桃花岛的十几二十年里没有想过奋起改变自己的命运，而在被迫辞职尝尽苦头后，她才不断告诫自己：职场上只有强者才有话语权，才能改写或制定规则。

千千万万的职场洪凌波们，要想改变命运，必得先改变思维、改变心态。只有这样，才能提升能力，否则将永远陷在"鬼打墙"一样的死循环里。

谁说公司
就应该更爱你

——

    很多人自我感觉良好，在职场中常常觉得怀才不遇。这种情况通常基于两种错误认识——我的待遇有偏差，公司应该更爱我。具体来说就是，他们觉得自己值月薪一万元，可是公司只给了月薪五千元；自己为公司任劳任怨地付出，没有功劳也有苦劳，可总是与年终奖、升职、培训、带薪休假全都无缘，公司为什么从来没有想到奖励我？

    对自己有正确的认知是一件非常难的事情，所以才会有各种臆想中的怀才不遇。这就像一种慢性病，让人沉溺在怨念之中，在内耗中消磨了能量和锐气，最终一事无成。很多人总是怪公司太刻薄，配不上自己的辛苦付出和才华，却从来不去想自己究竟能为公司做多大贡献，而这些贡献是不是值得公司给你一个更高的估值。

    我们对自己的估值和公司对我们的估值总是会有偏差，在大多数人身上，都是自我估值高。也就是说，我们觉得自己非常了不起，但公司却不这么认为。《笑傲江湖》中的"大嵩阳手"费彬自视甚高，虽然已经是嵩山派里有头有脸的角色——"嵩山十三太保"之一，在嵩山派排你们就是在针对我，哼！

名前五，大领导也非常器重他；要说凭他的能力，得到目前的职位，其实不算嵩山派领导亏待他，哪能算怀才不遇呢——但从费彬飞扬跋扈的劲儿来看，大领导许他的职位、待遇和未来，未必真的就满足了他的心愿。谁知道他有没有私下抱怨过"我的待遇为什么不如陆柏，公司为什么不能更爱我"？谁知道他面对大领导时，心里有没有藏着一个"彼可取而代之"的梦想呢？

不管位置坐到多高，不管待遇有多丰厚，只要与心中的期望值不一样，他永远都会不甘心，也永远觉得被亏待了。但从公司的角度来看，"大嵩阳手"费彬并不是独一无二的，虽然排名靠前，也常年作为大领导的心腹办理各种重要业务，但还没有重要到缺了他嵩山派就垮掉的程度。再说"嵩山十三太保"中的任何一个人分分钟都可以替代他，所以公司对他的估值并没有他自己认为的那么高。

多年来，公司和大领导一直只是让费彬坐着第四把交椅，在几位竞争者同样没有后台的情况下，决定他们座次的根本因素还是公司对他们能力的评估，相对来说这也是公平和公正的。至于每个人都希望的"待遇更好，公司更爱我"，在某种程度上，都只是个人的想法而已。

费彬的同类人物还有《倚天屠龙记》里的金花婆婆，这位金花婆婆跟公司之间的纠葛不在于自己的怀才不遇，而在于她的怀恨在心，因为她觉得公司不够爱她，不能为她的事情一路开绿灯。

她曾是明教四大护教法王的首席法王，是教主的义女，还为教主、为明教立过大功，一时间风光无限，全教上下都捧着她。她想要星星要月亮，想要明教公司的股份，教主也没有不给之理。

"登高而跌重"这样的道理说得没错。金花婆婆正是因为在大明教

197

集团的位置太高，光环太大，以至于感觉好到明教仿佛就是自己家，这辈子不论何时何地都可以随时享受明教的福利。明教不过是一家养老福利和医疗福利并不完善的民营公司，而金花婆婆的期待值又太高，一旦没有实现，心理落差就很大。现实点来看，公司的现役职员所期待的未必都能实现，更别提金花婆婆这种前任职员了。

金花婆婆在自己估值最高的时候并没有向公司提各种要求，总想着自己有能力、有信心、有情怀、有爱情，什么养老保险和医疗保险都不重要了，然后华丽丽地辞职去东海小岛上过起神仙眷侣的生活，直接删掉过去所有领导、同事的微信，似乎认定本仙女不用跟人类来往了。谁料，这神仙毕竟也吃五谷杂粮，也会有生老病死。金花婆婆的老公得了重病，她不得不带着老公出岛求医，不得不向前公司求助。

明教是当时较大的公司之一，员工福利比其他门派好很多，最起码有附属医院——蝴蝶谷，有当时江湖上最权威的医学专家——蝶谷医仙胡青牛。金花婆婆带着老公找的就是胡青牛。这时她才发现"公司应该更爱我"之类的福利是有时间期限的，她曾经在明教立下的功勋也成了过去式，她想要享受明教员工的医疗福利已经变成了比登天还难的事情。现实狠狠地打了她的脸：胡青牛拒绝给她老公治病！理由是他作为明教医生，只给明教在职职工看病，决不对外服务。

堂堂前高管如今落到下跪求人的地步，可惜面子丢尽也无济于事，最终还是眼睁睁地看着老公不治而亡。这在金花婆婆看来，责任都在于公司没有人情味，把她是明教公司的大功臣和前任高管的事实忘得一干二净，没有对她特殊照顾。这是她完全不能接受的，于是跟明教公司结下死仇。

可是，从明教公司的角度来看，前任员工提出这样的要求，他们觉得自己万分委屈，公司跟金花婆婆的劳动合同早已到期，并不属于雇用关系，自然也无须再提供明教职工才有的福利。公司要发展，如果一天到晚照顾各种人情，做各种公益，怎么说也是不现实的事情。

公司都有一定之规，有约定的薪酬体系和各种福利制度，不是从接受劳动合同时起就意味着认同它的吗？那为什么要例外为你更改规则？在你希望公司更爱你、给你更高的待遇和福利的时候，也问问自己：有没有为公司做了比别人更多的贡献呢？

职 场 点 拨

1．背锅的职场戏码随时都可能上演，有人把它当成晋升捷径，未必不是冒风险，也有人被它折磨得不轻，但未必不是凤凰涅槃的契机。不过，如果陷入受害者的循环模式就真的是死路一条了。人生中祸福相依，职场也一样。调整心态来看待背锅，兵来将挡，水来土掩，没什么大不了。

2．千千万万的职场洪凌波们，要想改变命运，必得先改变思维、改变心态。只有这样，才能提升能力，否则将永远陷在"鬼打墙"一样的死循环里。

3．对自己有正确的认知是一件非常难的事情，所以才会有各种臆想中的怀才不遇。这就像一种慢性病，让人沉溺在怨念之中，在内耗中消磨了能量和锐气，最终一事无成。很多人总是怪公司太刻薄，配不上自己的辛苦付出和才华，却从来不去想自己究竟能为公司做多大贡献，而这些贡献是不是值得公司给你一个更高的估值。

第 七 章

没有核心竞争力
混什么职场

十八般武艺，不如一个核心竞争力。职场上的精进和竞争永无止境，在你看不见的地方，很多人都在默默努力。

没有核心竞争力
混什么职场

——

什么是核心竞争力？就像王重阳有先天功，一灯有大理段氏一阳指，黄药师有碧海潮生曲和弹指神通，周伯通有左右互搏术，这些本事要么是人无我有，我这门本事是世界上独一无二的；要么是人有我优，如很多人都会少林功夫，而我练的水平却最高。这便是职场上生存和发展的根本。如果你所拥有的本领人人都会，好比全真教里第四代第五代小道士会背本门派的内功心法，那也只是全真教的人均水平。如果你不能将它练到超越大多数人，就只能在低门槛的岗位上工作了。

要在核心业务上做到创新，有一项能力是完完全全的"人无我有"，非常不容易。不管是先天功，还是一阳指，都不是那么容易由一个普通人就能原创出来的。大多数情况下，你至少要做到"人有我也有"，然后达到"人有我优"。此外，将这两个原则做一下折中的处理就是：在同质化的基础上做出差异化。

当大家拥有同一种技能时，如果不能"人有我优"，就可以有区别地发展自己非公司核心业务上的其他才能——也算是小小的"人无我

有"，同时也是"人有我优"——好比一个程序员，除了跟其他人一样会编程，还有别的优势，比如会做最好看的演示文稿（PPT）、演讲能力特别好，等等。就是那些段子里说的，我是打乒乓球的人中唱歌最好的；我是演员中足球踢得最好的；我是聪明人中长得最漂亮的；我是漂亮的人中最努力的。这时候，在这个程序员的团队里，即便编程这个业务技能不是第一，却拥有其他一技之长，或许是组织能力、战略能力，或许是执行能力，也都可以成为自己的核心竞争力。

《书剑恩仇录》中的大帮派——红花会里有十几位当家的，个个都是能人异士，能力上谁都不比谁差。其中七当家徐天宏除了业务能力好，还有一样"人无我有"的本事便是擅长出谋划策。他号称"武诸葛"，脑子转得快、应变能力强，相当于红花会里的军师，大家无论遇到什么事，都愿意找他商量，请他支着儿。就连作为大领导的总舵主也是动不动就问："七哥，你看怎么办？"他的这一能力在红花会里实在是太突出了，无人可替。

在职场上没有核心竞争力，可能分分钟就会被淘汰。《雪山飞狐》中，毒手药王门下有几位武功、智商、人品都不怎么样的师兄，怎么也想不到，最终在业务能力上被聪明的小师妹程灵素给完全碾压了。他们比小师妹大二三十岁，入门也早得多，同一个师父教，同一个教室同一本教材学，偏偏小师妹学得最好、能力最强，这真是岁数增长的不见得都是智慧。所以，师父为了药王门能继续发扬光大，最终英明果断地选择了"立贤不立长"。师兄们输在哪里？输在核心竞争力上。

金庸小说里有很多蠢萌的大师兄，他们因为缺乏核心竞争力，所以个人的生存空间和发展前途都被挤压到最小，最多也就是做一辈子本门派的老员工，对于在竞争中大获成功的师弟师妹来说，他们根本连对手也算不上。

提升核心竞争力，自然不是通过打击报复竞争者就能达到的。比如药王门里的那些师兄，就算把业务能力最好的小师妹程灵素挤走了，提升的也只不过是个人的业务排名，跟核心竞争力的提升没有关系。做到公司里的排名第一，不过是一个相对高度，并不是绝对高度。天外有天，人外有人，核心竞争力也是没有上限的。这些师兄们偏偏将时间和精力投入在耗时耗力的内斗中，并满足于看到斗争中的一点小小胜利。他们在被这种思维框住的时候，并没有想过，如果把这股劲儿用在提升自己的核心竞争力上，再假以时日，会有怎样的收获。

药王门的师兄们在本公司中找不到优越感，便选择跳槽投靠了他们的师叔。在这位别有用心的师叔的带领下，大家彻底远离了业务技能的培训，开始四处宣传、炒作，最后还跑进京城去参加官府举办的掌门人大会，想通过这种形式来扬名立万。比起程灵素靠勤奋抓业务，这条路走起来似乎轻松便捷得多，但与提升核心竞争力是背道而驰的，离成功也越来越远。

如果没有核心竞争力，即使换个地方，也不一定会拥有更好的前途。很多在各种公司之间跳来跳去的职场人士，跳槽对他们来说，形式大于意义。跳到别的公司里，虽然没有像程灵素这种业务高手挡住自己的上升通道，但总还会碰到别的竞争对手。所以，要想在一家公司站稳脚跟，根本办法只能是提升自己的核心竞争力。跳槽前不妨先向自己提几个问题，如果你是老板，愿意雇用像自己这样的员工吗？在一个公司里，你真正的价值是什么？跟竞争对手比起来，你有哪些优势？……也就是说，你拥有核心竞争力吗？

提升核心竞争力如同逆水行舟，不进则退，确实是一个令人焦虑的职场话题。这个时代，总有人看得到你的需求，放大你的焦虑，并打着善意的旗号告诉你，你可以报大师亲自指导的提升班"七天学会弹指神通"，也可以报足不出户的线上培训"碧海潮生曲高阶培训班"，还可以通过一些知识付费的应用程序（APP）来获取各类精英课程"左右互搏术"……总之，提升的方法多种多样，让你零起点即可快速掌握。是吗？零起点掌握，几天就提高？如果学了却没有立竿见影，这岂不是更让人焦虑？

在焦虑状态下，判断会失去理智，节奏会被打乱，即便努力去做，也很难达到理想效果。核心竞争力是勤奋的结果，是思考和实践的结果，光是一天到晚地狂热焦虑、投机取巧、蝇营狗苟，怎么可能拥有核心竞争力呢？

把职场掌控力
留给自己

——

在人际关系中，"控制"是一种特别不好的关系状态。比如，在恋人之间、亲子之间，如果一方被另一方控制，常常导致弱势一方对强势一方产生依赖，而有依赖自然就会阻碍成长。这个道理在职场上也一样，个人和公司之间如果是控制和被控制的关系，如果员工年复一年地抑制自己的主动性和创造力，完全变成公司的定制品，对公司的依赖自然就会越来越多。

没有人会愿意被他人控制，首先，"被他人控制"就不是一个好的正向状态，更何况无论是人生还是职场，我们都需要掌控自己，这样才能对自己和未来说了算。但事实上，很多人的职场状态就是过度依赖公司，一旦离开这家公司，如果没有同样的岗位和同样的任务，此前所积累的经验基本上等同于无效经验，会变得寸步难行。但他曾经主动交换出去的，不就是公司对自己的控制权吗？

对于公司来讲，让员工像螺钉一样在各个岗位上发挥作用，或许可以节省一些管理成本，至少是有些明显的短期效果，不然也不会用它了。《天龙八部》中的天山童姥就喜欢通过控制来管理下属企业和员工，并且对管理效果很满意。因为她的企业规模庞大，人员数目繁多，在严苛的控制下，保障了企业的正常运行。其实，她自己也应该知道，从长远来看，这种控制模式并不是一种好的管理方式，因为它不能激发出员工的创造性和主动性。

从个人发展的角度来看，只有摆脱了公司的控制和自己对公司的依赖，才会有未来。《天龙八部》里三十六洞、七十二岛的头领们为什么要不惜一切代价地来摆脱天山童姥的控制？原因正在于此。

三十六洞、七十二岛是一些江湖三流、四流小帮派的统称。江湖上，大鱼吃小鱼，快鱼吃慢鱼。这些能力平平的洞主、岛主们，以及他们手底下的兄弟们，后来就一起变成被天山灵鹫宫吃掉的小鱼和慢鱼。接受灵鹫宫的统一管理后，洞主、岛主们不仅没了业务上的自由，财务也被人牢牢控制。这帮人过去虽然只是经营小小的创业公司，可能朝不保夕，但怎么也是管着几十号人的一派之主，原本在自己的地盘上可以当家做主，有签字权和人事权。而今一年到头却变成灵鹫宫统一分配工作任务，替灵鹫宫打工。此外，还得哄着大老板开心，费尽心思找各种山珍海味、奇珍异宝去进贡，唯恐得罪了大老板。

被大公司控制后的日子实在太惨，以至于一些洞主、岛主倒苦水说："我们三十六洞洞主、七十二岛岛主，有的僻居荒山，有的雄霸海岛，似乎好生自由自在、逍遥至极，其实个个受天山童姥的约束。老实说，我们都是她的奴隶。""数十年来受尽荼毒，过着非人的日子。"

在这样的控制下，在相当长一段时间里，大家丧失了希望，只是被动地接受统一训练，接受上级下达的任务指令，失去了主动工作的意愿和热情，每天勤勤恳恳但求无过而已。

当个人没有绝对竞争力、处于弱势地位的时候，就真的只是那句"公司虐我千百遍，我待公司如初恋"，三十六洞洞主和七十二岛岛主们对此深有体会。他们在大老板天山童姥面前，感觉自己就像如来佛手心里的孙悟空，怎么翻筋斗也翻不出去。别以为天高皇帝远，大老板天山童姥有她独创的一套管理机制，几乎从无漏洞。比如，她会经常派自己的"嫡系部队"——符圣使巡视组去全国各地出差，监督三十六洞、七十二岛等小公司的日常工作，有情况会立即汇报总部，或者直接代替大老板实施惩罚。

直到有一天，终于有人发起了"抗童姥自治救亡组织"，让大家看到了希望，更看到了未来的利益，于是才渐渐下决心投入反抗斗争的洪流。这个组织中的灵魂人物乌老大是个很了不起的人：不仅具有强烈的反抗精神和独立意识，期待通过努力来脱离公司总部和大老板的控制，追求自由，实现真正的自我发展；而且还是个行动派，他将所有洞主、岛主们都发动起来，抱团取暖和互相监督打卡，共商大计。大家都看到了自己与灵鹫宫之间控制与被控制的关系，在控制之下，是没有未来的，所以大家的首要目标是联合起来行动，努力争取摆脱这种控制。

这些洞主、岛主们的抗争之路非常艰难，在摆脱控制、争取自由的路上吃尽苦头。这些挫折难免会被那些乐于接受控制的人泼冷水，他们认为这是无谓的抗争，是一种瞎折腾，因为他们本身对这种被控制的感觉并不在意。比如无量洞被灵鹫宫控制后，内部的多数员工反而觉得："咱们无量洞归属了灵鹫宫，虽然从此受制于人，不得自由，却也得了个大靠山，可以说好坏参半。"

完了，画大饼
夸你们也没用了。

在职场上，可能很多人都有只顾眼前的想法，宁可像无量洞底层员工那样选择依赖公司，把自由交给公司，换取每月并不丰厚的薪水，觉得这样算是有了靠山，不用自己直面市场风险。在他们看来，公司又不是自己一个人的，效益好就留下来干，如果不好那就想办法跳槽呗。如果是自己创业开公司，自负盈亏，这得操多少心哪！

如果真正想在职场上站稳脚跟，就要迎难而上，需要的是独立思考，而不是接受控制、依赖公司、享受短暂的平静。思考越少，依赖必定越多。很有可能，无量洞那些愿意接受控制的员工们每换一条流水线，就得重新学习来适应，他们的未来永远在公司或他人的掌控之中。

是要一片天空自由翱翔，迎接市场残酷的风雨洗礼，还是依托于公司或他人，在控制之中享受短暂的静好岁月，这虽然是每个人的自由意志，但是，只有将职场的掌控力留给自己，才会给人生带来真正的希望。

俞莲舟的修炼:
变成低调的满桶水

——

如果丘处机生在今天这个崇尚个性张扬的时代,大概能活成个营销专家,在牛家村遇见粉丝郭、杨兄弟二人时他就该说:"贫道平生所学,稍足自慰的只有三件。第一是营销……"就算没有营销团队替他运作,单打独斗他也能分分钟把自己打造成一个网红武学大师。

跟丘处机比起来,武当二侠俞莲舟似乎欠缺的正是这种自我营销意识和能力。他非常低调,自己有多少优点从来都不轻易显露,除了他自己,估计连那知人善用的师父也不一定完全知道他有多大本事。这种处世方式大概注定了他做不了像丘处机那样的网红大师,人家高调地营销,带来的是商业上的巨大流量和收益,这样的利益对于大多数人来说都是难以抗拒的。

在自我营销这件事情上,俞莲舟真的看不到名利双收的效果吗?不是。他没这么做,不是不能,而是不愿,这跟他的价值观有关。半桶水晃荡,满桶水却沉稳,波澜不惊。他在武当几十年的修炼,目标只是想做低调的满桶水。但是从效果来看,低调做人做事的俞莲舟和高调的丘处机相比，前者虽然不急不躁、不争不抢，但最终名誉和利益仍然蜂拥而至，因为，是金子总会发光的。不过，这是个缓慢的过程。

俞莲舟在《倚天屠龙记》里是江湖高手榜中的上上流人物。书上说："便是昆仑、崆峒这些名门大派的掌门人，名声也尚不及他响亮。" 这句话可以这么理解：一个世界五百强企业的高管，虽然还没到CEO的位置上，但名头却比那些普通公司的CEO更响，人脉更广，能量也更大。

这是自然的，一则因为武当是名门正派，招牌响当当；二则俞莲舟功夫高，行事正，人品好，妥妥的社会精英人设。换成当今社会，像俞莲舟这样的社会精英，给母校捐款，出席商业活动，一举一动都能上头条、上热搜。走到哪里，他都是各界人士愿意结交的人物。但俞莲舟偏偏不喜欢抛头露面，做人做事一向低调，从不接受个人采访和宣传。

在武当派创始人张三丰眼里，俞莲舟不算可爱，经常一张严肃的脸，也不擅长说好听的话。跟几个师兄弟比起来，他没有大师兄温和，没有四师弟机智，没有七师弟豪爽，这种性格似乎特别容易在领导心中丢分。

虽然不张扬，也没有讨喜的性格，但俞莲舟却很牛，牛在他做事稳当，在武当七侠中，他的这个特点非常醒目。领导交代过的事情，他从来就没办坏过。好在碰上了欣赏、珍惜他的领导，最重要的事情总是指派他去做。但他有功却从来不邀功，哪怕只是在领导面前多提一句自己的辛劳和功劳，增加领导对自己的好感度，他也不去做，完全一副什么都不稀罕的样子。很多人或许会觉得，如果领导完全看不到你做过什么，那不是太可惜了吗？俞莲舟可不这么想。

唉，其实我并不想当网红的。

在同门学艺几十年的师弟眼里，俞师兄是一个很酷的人。虽然并不可爱，大家多半不会想着跟他说个什么心里话，也不会叫他一起喝酒撸串、打牌娱乐，但每个人心里都清楚，俞师兄特别靠谱，又乐于助人。五师弟张翠山在遇到困难时，正是低调的俞师兄拼尽全力护送他们一家三口平安抵达武当派；六师弟殷梨亭觉得他"疾恶如仇，铁面无私"。这几个小师弟对他的敬畏，远超过已经在武当派当家的大师兄。

俞莲舟在武当派内部恪守了很多职场法则，比如他保持低调为人，从不会在资历浅的师弟们面前炫耀，从没有说过"师兄当年怎样怎样"，连让师弟们投来崇拜的目光和鼓掌的机会都不给。对于他来说，过往的功劳都是小事儿，没有必要印成金光闪闪的大字贴在脑门上，唯恐别人看不见。他要做的事情是挑战自我，不断提升自己。至于其他，比如在单位里经营自己的人设，在领导面前刷存在感，俞莲舟才没有工夫做这种很无聊的事情呢。

比如，他不会自作聪明乱说话。职场上，言多必失。俞莲舟不会是咋咋呼呼的郭芙，不会是放荡不羁的令狐冲，也不会是心直口快的七师弟莫声谷。所以，很多想法不经深思熟虑，他是决不会轻易出口的；很多事情不到胸有成竹时，他是不会轻易去做的。怪不得张三丰会觉得他比其他弟子更沉稳，更值得信赖。

俞莲舟在江湖上也从不张扬和炫耀，逢人礼让三分，不端架子。参加会议从来不坐主席台，出席活动从来不要出场费，更不需要配得上身份的接待档次，出行是坐商务舱还是经济舱都无所谓，住宿是连锁经济型酒店还是星级豪华酒店，也一律不介意。这么大的腕儿，出门低调得像个普通的江湖汉子，哪里能看出来这就是鼎鼎有名的武当俞二侠。

在外面洽谈业务时，俞莲舟永远低调行事，喜怒不形于色。有一次，他跟昆仑派的人谈合作。在所有的谈判中，他从来都是尽量做到"你先说"，等别人先出牌。对方说完后，明明以他的资历，以领导对他的授权，他完全可以当场拍板，但他总是缓缓地表达要先请示领导再答复，他会客气地说"在下无德无能，焉敢妄作主张？……在下须得禀明恩师和大师兄，请恩师示下"。有时碰到对方无礼，甚至是讽刺他和他的师父，他也不会动怒，静静地耐心听完，最后才一点一点亮出自己的底线和原则，并且在对方防不胜防之际一点一点收复失地。

有些人不能理解俞莲舟的低调，明明可以前呼后拥却偏偏低到尘埃里，明明可以有资历扬眉吐气却偏偏谦虚自抑，这不就是锦衣夜行吗？就算不图出名后带来的优越感，被认同、被关注的自豪感，但一味为人低调有可能让旁人做出看人下菜碟的事情，这种感觉总该让人无法忍受吧？但俞莲舟都不在意，因为他从来不把出名看作人生目标，也很少在媒体上露面，没什么人认识他，也减少了作为公众人物的压力。

在职场上，要高调还是低调，每个人都有自己的选择和判断。有人选择像丘处机那样营销自己，高调做事做人，打造自己的品牌。自然也会有人选择慢功夫，像俞莲舟这样低调做人，踏实做事，看得见自己优点的人自然看得见：领导看得见你的能力，同事看得到面冷背后的心热，竞争对手也看得到你的原则。

要知道，低调是隐藏自己的光环和锋芒，让自己看起来更温和，却不是因为无能而做的无奈选择，也不是无底线的退让。职场上的低调、沉稳、不咄咄逼人，何尝不是一种高情商？

拼实力才是
最好的职场捷径

——

捷径能帮人省时省力地直抵终极目标。怎样才算捷径？《天龙八部》里，段誉出身皇族，生下来就是皇位继承的候选人，利用家族的资源实现梦想，不能不说这是人生捷径之一。慕容复也想当皇帝，因为没有家族资源，只能自己东奔西跑各种使劲儿，想走出一条通往梦想的捷径，结果路跑偏了，最终没能如愿。

是啊，大多数人都没有资源，也没有好运气，在职场上还有没有捷径可走？梦碎后的慕容复一定会告诉你没希望的。但是乔峰却会说："天底下还有一条路径可以通向成功，且人人可行，那就是拼实力。"

拼实力？听起来就令人头大，这明明像是点灯熬油地拼苦力，难道还能算得上捷径吗？跟通过拼运气和拼资源实现目标比起来，拼实力明明就是既不省时又不省力嘛！

来看看乔峰，他勤奋学艺十几年，不到三十岁就凭借实力征服了丐帮前帮主和一众有人事投票权的长老们，坐上了丐帮帮主之位，虽然跟拼运气、拼资源这种职场捷径比起来更慢、更累，但他自始至终都是围绕终极目标在心无旁骛地奋斗，通过日积月累，从未走弯路，终于实现目标。对于我们绝大多数没资源、没运气的普通人来说，这不就是最好的捷径吗？

你说乔峰交友广，有资源？没错。他人脉圈子里的人随便拎出一个来都很牛，比如辽国皇帝耶律洪基、金国皇帝阿骨打、大理国皇帝段誉，但这都是他已经实现职场终极目标，成为丐帮帮主之后的人脉圈子。

你说乔峰不是丐帮前帮主——汪剑通帮主的弟子吗？这不也是他与众不同的资源吗？至少是起点高，非常接近权力中心，而且前帮主一开始就有意识地在栽培他。但是对于他来说，这个资源反而对他特别不公平。正因为他是汪帮主的弟子，所以汪帮主的执念成了他实现梦想的巨大阻力。因为乔峰有一个条件达不到——他是契丹人，而汪帮主和有人事投票权的长老们认为仅凭这一条他就不符合竞聘帮主的资格。就好比说，公司竞聘干部时要求博士以上学历，你只有本科或硕士学历，以这一条而言过不去就是过不去，除非竞聘操作时有补充说明，对公司有特殊贡献者可以破格聘任。

可别提乔峰这个跟前帮主的关系，这对他来说，某种程度上可能是掣肘。他的职场晋升不顺利，跟汪帮主有很大关系，因为汪帮主用人讲究出身，认同"龙生龙凤生凤，老鼠的儿子打地洞"这种落后观念，而乔峰的亲生父亲是契丹人，是中原武林的大对头。汪帮主这一观念当时影响了很多人，敌人的孩子能可靠吗？我们怎能放心地把汉人的帮派交给契丹人去管理呢？所以，汪帮主虽然觉得乔峰能力强，但又不能不考虑乔峰的出身。

职场上是有破格任用这种事情的。规则既然是人定的，也就可以由

人来改写和打破。黄蓉帮主胸襟豁达，就能不拘一格地用人。在她的继任帮主不幸因公殉职后，帮中要另选新帮主，她又跑出来当顾问。结果选了谁？选了她的亲女婿——耶律齐。耶律齐的身份跟乔峰一样，也不是汉人，但丐帮上上下下根本没人介意。可见身份不是问题，一把手的胸襟才是问题。但是乔峰没有机会获得破格任用。

再说乔峰的运气，这确实是个倒霉的英雄，能力好，人品好，就只是得罪了命运女神，运气很不好。明明可以轮到他晋升的，指标莫名其妙就被领导给了别人。说好三年一晋级，到他这里突然又变成五年一晋级了。总之，原本他与一把手的位置只有半步距离，而职场现实却生生让他将这半步距离跑成了马拉松。好不容易熬到一把手要退休腾位置了，无奈一把手是纠结体质和强迫症，心里虽然满意他，却一再犹豫，不停地出难题考验他。

如果不是汪帮主纠结乔峰的家庭出身，人为地制造门槛，而将乔峰晋升的事情一拖再拖，那么以乔峰的能力、人品和社会舆论对他的认可，坐上丐帮帮主的位置根本不需要这么大费周折。

所以，一靠不上运气、二指望不上资源的乔峰，他的职场奋斗史完全就是拼实力的过程，他本人也由此逐渐从优秀走向了卓越，最终赢得前帮主和众高管们的一致认可。不然，他想要当上帮主的概率甚至比任何一个普通丐帮弟子都要低。大家要知道，丐帮的职位上升，一般都是从基层干起，一个口袋一个口袋地往上熬，直到熬到九袋长老，才慢慢地接近帮主这个权力中心，虽然慢，但是有机会。而乔峰虽然是前帮主汪剑通的弟子，一开始却连进入丐帮系统的入门券都没拿到。

这样，拼实力便成了乔峰最终取胜的唯一通道。虽然前帮主汪剑通和众长老将不信任全都写在脸上了，但并没有影响到不拘小节的乔峰，他每次接到任务都是痛痛快快地去干，然后痛痛快快地回来交上完美答卷。就这样一拖再拖，一把手的试卷出了一套又一套，汪帮主终于无题可出，纠结体质和强迫症也就自动痊愈了，同事们全都心服口服，至此，乔峰才坐上一把手的位置。

坐上公司一把手的交椅自然不容易，但没见过乔峰这么不容易的。丐帮一位资深高管回忆说："当年汪帮主试了他三大难题，命他为本帮立七大功劳，这才以打狗棒相授。那一年泰山大会，本帮受人围攻，处境十分凶险，全仗乔帮主连创九名强敌，丐帮这才转危为安。"

在职场上，我们绝大多数人都是没有资源、没有运气的普通人，与其做梦等着突然有一天获得领导青睐，走个门路就能拓展出资源，还不如踏踏实实、心无旁骛地去夯实自己的实力，毕竟实力才是职场上最宝贵的财富。像乔峰一样，从一开始就不靠天不靠地，不靠资源不靠运气，最终凭实力实现终极目标，不走弯路，这难道不是一条最踏实、最好的捷径吗？

理性的观察者
才能活到最后

——

　　江湖如职场，处处不容易，除非是像郭芙这样的侠二代，外公是岛主，父亲是大侠，母亲是帮主，一出生就站在别人奋斗的终点上，有老爸老妈和外公愿意替你负重前行。但绝大多数人都是雨里赤脚奔跑的孩子，头上又没有伞，所依靠的只能是自己跑得更快一些，所想的只是往什么方向跑才能更快地找到避雨的地方。

　　要在一个江湖门派或者一家公司里发展，大家所面临的问题和解决问题的思路是相似的。除了要不断提升自己的核心竞争力，还需要独立思考的能力，而独立思考往往又基于理性的观察。我们需要观察什么？观察自己所处的行业或公司是在上升期、增长期、爆发期、平台期还是衰落期，观察自己所从事的业务在行业内算是核心业务、支持业务、边缘业务还是新兴业务，也观察公司内部的人事变化和人际关系等。有理性的观察，加上独立的思考，才会对职场形势做出有效的应对，从而确保自己往有利的方向发展。

　　《笑傲江湖》中的日月神教曾有过一场大的人事变动。时任副教主

223

的东方不败闹过一场革命，将原来的教主赶下台，自己就任教主了。权力更迭后，教中的人事经过一番大洗牌，重要位置自然替换上了东方不败的嫡系，连办公中心的侍卫们也全换了一拨年轻人。很多前任教主倚重的人，如果打算留下来，只能赶紧向新领导靠拢，以保平安。

领导换了，规矩改了，很多人看不清形势，对教派和个人的未来都没有把握，索性辞职走了。随着辞职的人越来越多，终于酿成一场大型的离职潮。如果你身处其中，面对两任教主权力更替的特殊时期，你将如何根据自身的情况来应对这一形势？人心惶惶之下，你是走是留？

在日月神教变天之前，其实就已经有聪明人预测了局势的发展。这个聪明人就是神教右使向问天。向问天的位置很重要，仅次于教主和副教主。他的聪明也是大家公认的，现任的东方教主也亲口夸赞他是除自己和前教主外第三聪明的人。

向问天是前教主的人，而且忠心耿耿。在东方教主闹革命之前，向问天就发现了蛛丝马迹，并不断地提醒教主，可惜一直被教主误解，使向问天的忠心和才干无法发挥出来。在这种复杂的形势下，他选择了辞职。

冷眼旁观局势，不人云亦云，也不被自己对公司、对领导的情感束缚住，义气、感情是一回事，个人前途、发展是另一回事，二者绝不混淆，这样才能找到更适合的发展之路。反面的例子就是令狐冲在华山派明显已经受到领导和同事的排挤和质疑，仍然情感战胜理智，导致无法理性地判断未来出路，处处拖泥带水，做了很多无谓的牺牲，平白无故地耽误了个人进程。

鉴于华山派令狐冲不能看清职场局势的经验教训，为了更好地抗击职场风险和发展，我们需要将自己锻炼成一个理性的、有大局观的职场

人，能从日常业务琐事中跳出来，理性地观察、思考和判断职场形势，知道自己言行的分寸，也知道自己真正想要的是什么，少走或不走弯路。那些一味沉浸在业务中，只懂得低头干活儿不抬头看路的人，是容易掉进坑里的。

如果把事业选择当作一种自我投资，通过这些观察，你就能够知道什么时候是最佳的进场时机，什么时候是你身价的最高点，什么地方是你的下一个中转站。向问天所选择的是在新领导上任前退出，这个时机刚刚好，如果再晚一点，权力发生了更替，以他的身份，即便向新教主投怀送抱，估计新教主也会心存芥蒂，毕竟他是前教主的左膀右臂。向问天的退出很明智，因为这样他不仅保存了实力，而且最终赢得了东山再起的机会。

公司人事震荡对于不同级别的员工来说，都是一个令人困惑的局。当局者迷。大家都在争权夺利时，我们但凡有资格去争，也跟着一拥而上吗？大家都在向新领导靠拢，或者纷纷加入离职大军时，我们也跟着去靠拢新领导或者直接递辞职报告吗？到底是走还是留？到底是随大流好还是靠脑子分析好呢？

身在职场金字塔的塔底，我们不一定像高层那样敏感，也没有更多的渠道获知内幕信息，我们可能根本没有能力对职场形势做出正确判断和决定。更可怕的是公司里已经风起云涌，我们不但没有危机意识，更没有及时做出任何防范措施。

职场从来都不是舒适的避风港，无论你是不是向问天，你都得做个有心人，看清楚形势的变化，以便在关键时刻及早打算。职场如弈棋，每一次落子，每一步进退，都要百般思量、权衡利弊。识时务者通常能从复杂的形势中拨开迷雾，发现真相，抽丝剥茧，看到本质，然后做出最有利于自己的选择。

═ 职 场 点 拨 ═

1．在焦虑状态下，判断会失去理智，节奏会被打乱，即便努力去做，也很难达到理想效果。核心竞争力是勤奋的结果，是思考和实践的结果，光是一天到晚地狂热焦虑、投机取巧、蝇营狗苟，怎么可能拥有核心竞争力呢？

2．是要一片天空自由翱翔，迎接市场残酷的风雨洗礼，还是依托于公司或他人，在控制之中享受短暂的静好岁月，这虽然是每个人的自由意志，但是，只有将职场的掌控力留给自己，才会给人生带来真正的希望。

3．低调是隐藏自己的光环和锋芒，让自己看起来更温和，却不是因为无能而做的无奈选择，也不是无底线的退让。职场上的低调、沉稳、不咄咄逼人，何尝不是一种高情商？

4．在职场上，我们绝大多数人都是没有资源、没有运气的普通人，与其做梦等着突然有一天获得领导青睐，走个门路就能拓展出资源，还不如踏踏实实、心无旁骛地去夯实自己的实力，毕竟实力才是职场上最宝贵的财富。像乔峰一样，从一开始就不靠天不靠地，不靠资源不靠运气，最终凭实力实现终极目标，不走弯路，这难道不是一条最踏实、最好的捷径吗？

第 八 章

资源和本事，
一样都不能少

没有资源，创造资源。没有本事，练习本事。在职场晋升之路的"打怪升级"中，并没有无缘无故的成功者。

鲁有脚的
"熬"字诀

———

　　通往金字塔塔尖的路有无数条，有的人职场晋升靠的是巧劲儿，六分本事，三分资源，外加一分运气，但鲁有脚长老却是循规蹈矩地按丐帮人事晋升路线一步步熬出来的，终于熬到了九袋长老，然后又熬了无数年，才总算坐上了丐帮帮主之位，这真不知是前帮主黄蓉的馈赠，还是岁月的馈赠。

　　鲁有脚职场晋升的"熬"字诀功夫，不可谓不深。要说这个功夫看起来笨，却也不简单，要花心思和时间去揣摩，而且也要跟人的性格、气质和悟性相称才好。就好比说，洪七公练武功是阳刚的路子，峨眉派灭绝师太就是阴柔的路子，他们互换武功练就不行。职场功夫也一样，有的人适合"巧"字诀，有的适合"闯"字诀，鲁有脚就真的很适合"熬"字诀。

　　黄蓉虽然机敏过人，却无法用"熬"字诀来决胜职场，那样估计会把她熬成死鱼珠子。张三丰也是无法练"熬"字诀的，这门功夫跟他性格不搭，如果他学"熬"字诀，那样就出不了太极宗师，最多只是少林寺多了一个挑水和尚而已。耶律齐不需要"文火慢熬"，他适合"猛火爆炒"，有丈母娘黄蓉的提携，稍微出息些就在帮主竞选大会上轻松胜出了。

鲁有脚在丐帮任职几十年，如同文火煨牛肉一般，很有耐心，慢慢练就了一身很好的"熬"功夫，最终"熬"出了自己的精彩。不过，这在很多职场年轻人的眼里，这个"熬"字诀超级蠢，一点儿也不酷。大家想要的是晋升的捷径，一旦短期内晋升不了，就迅速地归结为：到达"天花板"了。鲁有脚并不在乎"天花板"理论，而是扎扎实实地咬着牙"熬"下去。所以，很多人都觉得他不知变通，没脑子。他的上司——丐帮帮主洪七公就公开说他"鲁有脚有脚没脑子"。

在职场上，"熬"字诀确实是苦功夫，熬的是岁月，也是心血。大多数人在年轻的时候，根本不会选择鲁有脚的"熬"字诀，总觉得才华不凡的自己一定会有伯乐来赏识，如果在一家公司里不能晋升，转身就跳槽走了。而在多年折腾后，不经意间再回头去看还在最初那家公司苦熬的同事，发现他一点一点地做出成绩来了，从不起眼的小兵坐到管理岗位上，很像鲁有脚，不知道熬了多少岁月，终于坐上了丐帮帮主的位置。

鲁有脚是没背景、也没大才干的普通人，起跑时就慢，又不如人家灵光，不靠"熬"，还能靠什么呢？所以，他的晋升"熬"字诀里有很多不得已。天道酬勤，岁月馈赠给了他九袋长老。职场上他第一次感到晋升尴尬的事情是熬到九袋长老中的首席长老时，他发现上司洪七公比自己还年轻，这次是真的到"天花板"了。虽然如此，但他的心态非常难得，他当了很多年二把手，仍能忠心耿耿地把自己当作丐帮的公仆，为丐帮群众服务。

232

温水煮青蛙，
青蛙才不会跑。

不知道该算鲁有脚好命还是倒霉，一把手居然曾跟他暗示过，自己退休时就提拔他当下一任一把手。这个暗示其实全单位的人都知道，只是一把手最终没有正式公示。夜长梦多，果然一把手后来变了卦，一开始是批评鲁有脚性格暴躁，缺乏做领导的气质和格局，后来就干脆派来空降兵，夺走了鲁有脚即将收入囊中的帮主位置，辛苦"熬"了几十年的梦想全泡了汤。这是鲁有脚第二次感到职场晋升的尴尬。跟空降来的新帮主黄蓉相比，鲁有脚自己也知道争不得，毕竟核心竞争力不如人。黄蓉虽然年轻，却深得一把手的信任，而且她大有来头，是东邪桃花岛岛主黄药师的女儿。

按我们习惯的职场关系逻辑，鲁有脚明明应该跟黄蓉有仇才对，然而，在鲁有脚与帮主之位擦肩而过后，大家不仅没有看到丐帮高层之间产生错综复杂的派系斗争，反而发现原本对立的两个人之间连一丝火药味都没有，无论人前人后，还变成了职场最佳搭档。

在新任一把手黄蓉面前，体现鲁有脚惊人的"熬"字诀功夫的时机来了，他不仅甘愿屈居于黄蓉手下，而且不求回报地替她打理了十余年的丐帮事务。说白了，新任帮主黄蓉其实等同于吃空饷，占着丐帮帮主的位置，却在做自己家的事业，全身心辅佐丈夫守襄阳，名义上在管丐帮，实际上将整个丐帮的人力资源私有化，还直接将丐帮总部办事处挪到襄阳。

鲁有脚在职场之外对新任帮主以及帮主的家人也有着无人可比的忠心。身为丐帮堂堂长老，一人之下，万人之上，给人的感觉却像是郭靖、黄蓉的家奴，鞍前马后，随叫随到。他曾千里迢迢地跟着黄蓉帮主辅佐她的未婚夫郭靖带兵打仗，后来在襄阳办事处工作时，还对郭家孩子们发挥了"故事机鲁老伯"的作用，工作再忙，也要忙里偷闲，为父爱、母爱缺席的郭襄讲江湖故事。

"熬"到鲁有脚这种境界的，还有什么得不到的？后来，黄蓉因为要生二胎，老公的事业也需要她全力协助，她便将帮主的位置腾出来给了忠心耿耿的鲁有脚。对于鲁有脚来说，尽管前任帮主永远以"太上掌门"的身份站在自己身后，但自己毕竟是名正言顺地坐上了帮主之位，这一坐就坐到了人生的终点，好歹是在一把手任上离开的。

如果说鲁有脚坐上丐帮帮主之位也算是一种套路，那么"熬"字诀就是套路中的精髓。如同水滴石穿，练成"熬"字诀的关键便是"专注"二字，不计较得失，耐得住寂寞，将所有的时间和精力都花在一个目标上。

耶律齐：
资源和本事一样都不能少

——

　　说起耶律齐，不能不感慨，这是金庸小说中少见的抓了一手好牌而且又打得好的人。

　　耶律齐是跟杨过同时期的新生代偶像派武林高手，后来担任天下第一帮丐帮的帮主。是的，他还有一层光环让我们无法视而不见——他是郭靖和黄蓉的女婿。众所周知，当时的郭靖和黄蓉的江湖地位已经十分显赫。在耶律齐坐上帮主之位时，很多人或许会在背后指指点点：他一定是走了后门吧？不然他那么年轻，江湖名气也不大，凭什么资本和能力就当上丐帮帮主，他还未必超过我呢！

　　就像在职场上，每当看到公司晋升名单里有那些年纪轻轻的同事时，一些人免不了以酸葡萄心理不怀好意地评头论足一番："哼，他才毕业几年，居然就当上科长了。""据说他是董事长的亲戚。""他有什么本事吗，也没见出什么成绩，不过就是听话罢了。""据说他毕业的学校连'211'都不是，嘻嘻……" 得到晋升机会比较难，使劲儿地贬低他人总是比较容易，也不花成本。而他们所标榜的自己，好像真的就在道德和本事上胜过了别人似的。这样，输的不仅是资源，而且很可能也是本事。这是很不好的一种职场心态。

丐帮的鲁有脚帮主不幸殉职后，需要马上选出一位新帮主。选谁呢？怎么选？谁来选？这不仅是丐帮几十万员工，也是江湖人士以及江湖媒体最关注的话题。吃瓜群众首先想到的是丐帮内部竞聘，并逐个分析了热门人选。但几天后，丐帮人事部门发布了招聘告示，面向社会公开招聘。这确实是丐帮别开生面的一场对外招聘活动。

这次面向社会广纳贤士的招聘大会在襄阳城举行，主考官是丐帮前帮主黄蓉和几位高管，主持人兼新闻发言人是高管梁长老，出席招聘大会的不仅有丐帮二千余名精英，也有此前就在襄阳参加英雄大会的各派江湖人士。

新闻发言人梁长老当众公布了招聘规则，其中有几个重点。一是面向社会公开招聘的合理性。他以黄蓉帮主为例做了解释，黄帮主当年也并不是丐帮中人，但一样凭本事坐上了帮主之位。二是公开招聘的原因。他说想要参考洪老帮主、黄前帮主这样百年一遇的人物来选帮主，本帮中实在是找不出，只好扩大招聘范围，不局限在一帮之内选人才。三是公开招聘的流程——比武，公平公正地以能力定胜负。

在场的人都很激动，有几千江湖英雄做证，这将是一场公平公正的帮主招聘大会。所以，这边才宣布完招聘规则，那边擂台上马上展开了帮主竞选的比武。丐帮是天下第一大帮派，拥有几十万帮众，帮主这个位置谁不动心？尤其这是面向社会的公开招聘，自然就吸引了更多应聘者。

在场数千人，虽然不是每个人都来应聘，但还是不少。说不上几千比一的录取率，也得是几百比一了吧。这个职位的竞争难度是相当大的。在普通观众的想象中，这场招聘怎么也得比上一周，才能进行完初赛、复赛、决赛的全流程，然后再加几轮面试，尘埃落定至少也得在半个月之后了吧。如果那么想，那我们还真是低估了丐帮的办事效率。丐帮的当务之急是马上招聘一位精英出任帮主，业务不等人，容不得半点拖拉。再说了，此次招聘由英明的前帮主黄蓉亲自督阵，必定能高效地完成一系列繁杂的招聘流程。

最后大家看到，业务比拼中夺得第一名的是一个叫耶律齐的年轻人。通过公示的简历，可以知道这个人毕业于江湖上最著名的武学机构——全真教，他的导师是鼎鼎大名的周伯通，那可是武学泰斗王重阳的师弟。但有人提出来说耶律齐不是蒙古人吗？大宋朝的帮派招聘帮主，却招了一个蒙古人，似乎不合适吧？丐帮相关人士解释说，不拘一格用人。确实谁招聘，谁拥有解释权。

对于耶律齐来说，如何投简历、如何上场、如何通过面试笔试，每个环节的注意事项应该早就在郭靖、黄蓉家的餐桌上讨论过无数次了。或者也还少不了智计无双的黄蓉帮主对女婿的面试技巧做了重要指导，泄不泄题也不好说，毕竟丈母娘是首席主考官，女婿是应聘者。

这次公开招聘的结果是主办方意料之中的事情。在书中，金庸先生也揭开了这次招聘大会的奥秘，说是："耶律齐是郭靖、黄蓉的女婿，与丐帮大有渊源，四大长老和众八袋弟子都愿他当上帮主。他又是全真派耆宿周伯通的弟子，全真教弟子算来都是他晚辈。凡是与郭靖夫妇、全真教有交情的好手，都不再与争。只有几个不自量力的莽撞之徒才上台领教，但都是接不上数招，便即落败。"这样意味深长的招聘规则，大家都懂。

招聘过程中虽然出了一点小插曲，但尚在主办方把控之中，结果也没有改变，这就够了。当天结束招聘大会时，丐帮新闻发言人宣布了结果，并给予了丐帮官方对耶律齐"文武双全"的评论，表达了"我帮上下向来钦仰"之情，台下丐帮几千帮众完美地配合着一齐站起，大声欢呼。

招聘大会结束后，其他门派的江湖人士自然也有一些不同的看法。少数人认为，耶律齐是丐帮帮主对外公开招聘的最大受益者，还暗指招聘规则就是为耶律齐量身定制的。丐帮底层的一些小员工难免也会有不服气的。还有一些怀才不遇者，他们暗暗想的是："这不就是靠着媳妇儿娘家的势力上位的吗？"

怎么看这件事情的结果都是各人的自由。耶律齐的确成了此次丐帮招聘大会的受益者，但人家不仅坐上了这个位置，而且后来还坐稳了。我们常说人家富二代什么的都是纨绔子弟，他们在事业上的成功无非都是借助了父母的资源，这中间一定有什么误会吧？你有没有想过，如果让你与耶律齐交换人生，你敢拍着胸脯说，你一定也会取得他的成就？再说，现在给你一个丐帮帮主位置坐，你能管好几十万帮众吗？

很多在背后指指戳戳的人，不妨看一下几十年后的江湖高手、明教教主——张无忌对耶律帮主的评价："听太师父言道，昔日丐帮帮主洪七公仁侠仗义，武功深湛，不论白道黑道，无不敬服。其后黄帮主、耶律帮主等也均是出类拔萃的人物……"很多时候，别人的成功其实并不是我们的想当然。

峨眉派掌门人的
"三十六计"

——

　　毋庸置疑的是，能在一个大公司或者大门派里当家的人基本都有大本事，不然，别说公司的发展大计，就连日常运营和人事安排都得让你头皮发麻。

　　峨眉派是个大门派，人才济济，江湖地位也很高，第一任掌门人就是郭靖与黄蓉的小女儿郭襄女士。后面历任掌门人基本都是手段凌厉的人，比如灭绝师太。而到第四任掌门人则变成了一个娇滴滴的小姑娘——周芷若，旁人不知道的，还以为她有背景才坐上这个位置。其实不然。周芷若出身草根，入职又晚，在峨眉派并没有根基，她得以担任峨眉派掌门就是因为自身的能力，后来有江湖名人公正地点评说灭绝师太选人的眼光很不错。

　　就像很多大公司的办公室政治里玄机重重一样，有人说，峨眉派的掌门之争在灭绝师太执政时已经持续了十几二十年了，差不多就是一部宫斗剧的剧情。而周芷若作为较晚入门的弟子之一，最后却抢占先机，不能不说她胸有韬略。

241

峨眉派太适合周芷若了，正像一个有天赋的学生选对了合适的大学、合适的专业，然后又遇上了合适的时代、合适的机遇，真是海阔凭鱼跃、天高任鸟飞。不过，从她进峨眉派之初直到坐上掌门之位，到底经历了什么？这也是很多江湖人士心中的未解之谜。

周芷若一直是个文文静静、没有存在感的小姑娘，每当遇到害怕的事情，说话都会打战，泪水会在眼眶里打转。这种林妹妹式的柔弱、敏感，对于一个学武的人来说是种非常奇怪的气质。这也符合灭绝师太挑选下一任接班人的标准？想想都不可思议。此外，周芷若还有一群对权力垂涎三尺、如狼似虎的师姐，她这种柔弱气质看起来与峨眉派的环境格格不入。

在峨眉派师姐们内斗最残酷的阶段，出了一个大事件——丁敏君借势扳倒了纪晓芙。这时的周芷若还是个十岁出头的小姑娘，刚刚进入峨眉派，尚未站稳脚跟，但这一切她已经看得清清楚楚。在这样的环境里，首先要做的是在峨眉派的内部争斗里好好活着，然后才能积蓄力量向终点冲刺。师姐丁敏君已然认为自己高枕无忧，于是开启了自我膨胀模式。膨胀得太久，就有点不明智，看不清形势的变化，丁敏君完全没有意识到小师妹周芷若的悄然崛起。她不敢相信的是，这个小师妹一向懦弱胆小，一说话就泪光闪闪，怎么突然就与自己站在同一个舞台上竞技了？

丁敏君终于把斗争目标定位在周芷若身上，峨眉派里的"宫斗局面"也发生了根本性的变化。其间剧情的千回百转，对于丁敏君来说如同过山车一般。丁敏君斗来斗去，经过十几二十年的苦心经营和艰苦斗争，无论如何她也不肯相信：灭绝师太最终将掌门之位传给了周芷若。

丁敏君彻底傻眼了，自己前面已经赢了九十九场，想不到的是，却输了最后的关键一役。所以，她不停地抱怨和咒骂老掌门灭绝师太是个糊涂蛋。

周芷若明明看起来那么柔弱，为何能在职场上笑到最后？很多人以为她只是一个"傻白甜"，但无论从手段的高明和心思的缜密来看，她在峨眉派其实鲜有对手，所以，她最终跨越了自己和掌门人位置之间的遥远距离。

灭绝师太是个女吕布，有勇无谋，根本没有能力看懂周芷若。她将掌门之位传给周芷若不过是误打误撞。但是周芷若却知道，师太喜欢的是自己的柔弱胆怯、天真简单、无欲无求。这样自然就不会像丁敏君那样犯了师太的忌讳——你是有多盼望我退休，好早点给你腾位置！最后，灭绝师太临终前将振兴峨眉派的重任交给周芷若时，心里还非常愧疚：我怎么忍心让一个柔弱单纯的弟子挑这么重的担子呢？

书中的男主张无忌虽然不笨，但他永远也看不懂周芷若，周芷若留给张无忌心中的基本印象，就是一个我见犹怜的姑娘，百分百的"娴静犹如花照水，行动好比风扶柳"，所以才会一厢情愿地想要保护这个林妹妹式的姑娘。反过来，周芷若却知己知彼，百战不殆。她比张无忌更清楚他的软肋。

看懂周芷若的人不多，资深职场达人谢逊也是在她手上栽了些小跟头后，才看懂了她最深的套路和连环计。周芷若在高超演技和非凡智慧的支撑下，完成了很多常人难以想象的大事。一个柔弱的小女子居然巧计频出，在两大高手的眼皮子下连环实施了三十六计的诸多妙计，如偷梁换柱、暗度陈仓、嫁祸于人、离间计、美人计……轻松将江湖人士无

法找到的屠龙刀和倚天剑都拿到手，完成了师父遗命，也练成了九阴白骨爪。

在取得掌门位置之前，她几乎从未跟竞争者动过手。她在自己进取的人生中，精心布下了很大一盘棋，第一步是峨眉派的掌门位置，在这一步中，她本质上是所向无敌的。而第二步是练成倚天剑、屠龙刀里的秘密武功，称霸武林。但她的第二步最终越走越窄，整个人也彻底地公开黑化，成为天下名门正派的共同敌人。

眼看身为峨眉派掌门人的周芷若人设崩塌，掌门之位也岌岌可危，我们以为她可能会像李莫愁、梅超风那样，道德、名声、地位、人生全完了。然而周芷若人生中最精彩的反转就在于，在这种被动局面里，她可以哭得梨花带雨，扑进被坑惨了的张无忌怀里说："无忌哥哥，我做错了。你可以原谅我吗？"然后抹着泪说，她所做的一切是因为灭绝师太临终前的嘱托和她被迫发过的毒誓。

灭绝师太真是可怜，人都死了，还替弟子背了个锅。看着周芷若诚心忏悔的样子和高颜值的脸，所有人都有了彻底原谅她的理由。

任何一个在宫斗戏中笑到最后的人，都有一定的智慧和手段。周芷若知道，示弱才能为自己赢得机会精心筹谋，实施晋升路上的三十六计；示弱才能处变不惊，化劣势为优势；示弱才会赢得领导的信任和其他同事的支持；示弱才不会引来丁敏君的攻击，才能避开低效能的损耗，而把时间和精力花在更有意义的事情上——铺垫好成功基石，绕过斗争，直取目标。

何太冲的
另类升职记

——

昆仑派竞选掌门人的结果出乎意料，何太冲成为本次竞选中的超级黑马，一举拿下了掌门人的位置。官方后来的记载称这次竞选完全公平公正，并没有黑幕。但是我们都知道，何太冲坐上昆仑掌门位置的一个重要原因是在竞选过程中，他选择了跟人合作，并以团队的资源和力量才获得一路高歌猛进的机会。

说是团队合作，事实上只有两个人：一个是何太冲本人，另一个是他的同门师姐班淑娴。他们如果单打独斗，可能谁都没办法赢得这场竞选。于是，两个人选择了合作，这种合作有一点刘备联合孙权对抗曹操的意思。在这个共同奋斗的过程中，两个人一起一点一点拉票，一点一点战胜对手，又一点一点积累起人气和威望，最终达到权力的顶点。跟孙刘联盟不同的是，何太冲和班淑娴既发展了互利互惠的战友情，又收获了爱情，最后走向婚姻殿堂。

在江湖上，何太冲不过是个才干三流、人品四流的人物，他靠夫妻联手而将昆仑派掌门牢牢抓在了手中。至于他们俩在昆仑派如何联手、

战胜对手，最后摇身一变成为掌门人和掌门夫人，《倚天屠龙记》只有一段几十字的描述："众弟子争夺掌门之位，各不相下。班淑娴却极力扶助何太冲，两人合力，势力大增，别的师兄弟各怀私心，便无法与之相抗，结果由何太冲接任掌门。"

这段春秋笔法的描述背后发生过什么样的故事，是值得讨论的另一个话题。我们要分析的是，何太冲坐上昆仑掌门位置的关键因素是什么，也就是说为什么这两个才干、品行、资源等并不算一流的人会在竞争中大获全胜。

何太冲成功晋升到掌门一职，得益于开夫妻店的模式，他有一个在智力、精力、资源方面能全力支持自己的老婆，而且两个人有共同的利益目标。这样便最大限度地整合了夫妻俩的全部优势资源。很明显，对于何太冲来说，如果不开夫妻店，估计昆仑掌门人于他而言就只是浮云了。

话说江湖人士开夫妻店的也不少，虽然模式大同小异，但各自能量不同，效果自然不同。要说夫妻店模式中，谁最会整合资源，估计还得数黄蓉。郭靖大侠和黄蓉帮主镇守襄阳城，开的不就是一家超级夫妻店吗？他们掌管着襄阳城官兵的调度，还掌控着丐帮数十万帮众，江湖上很多英雄好汉也都愿意来效劳。在襄阳城，在整个江湖，这俩人就是超级道德大热资源（IP），全民追星追的就是"为国为民侠之大者"的郭大侠和丐帮帮主黄蓉。

黄蓉将整合的优势资源和夫妻二人的时间与精力全部投在同一件事情上——开好襄阳城郭氏夫妻店，守卫襄阳，保家卫国。黄蓉虽然领着丐帮数十万帮众，但因为她将丐帮事务几乎全部放权交给了自己的副手，这一摊业务不仅没有分走她的精力，相反，她还能将丐帮全帮的资源变成他们夫妻店的重要助力。此外，黄蓉还与业界大佬们都建立了深情厚谊，洪七公是师父，一灯大师是伯伯，全真教的周伯通是郭靖的拜把子兄弟，老爹黄药师就更不必说了。有这么强大的资源，他们开夫妻店还能有不成功的吗？

所以说，善于整合优势资源确实是事业做大做强的必需条件。整合的资源越优质，成就的事业就越大。不妨想象一下，如果当年直男代表王重阳与女侠林朝英开成了夫妻店呢？他们强强联手，整合优质资源，将全真教和古墓派两份大事业合而为一，当时的江湖格局会变成什么样呢？

江湖人士的夫妻店有大有小，小的夫妻店也是有的。但是很多小的夫妻店谁又敢小觑？就好比连锁便利店"7-11"，最初也只是小小夫妻店，而今遍地开花。从桃花岛私奔出来的陈玄风和梅超风组建了"黑风双煞"夫妻店，能量之大，令人闻风丧胆。当然，夫妻店也有失败的案例，比如，著名的绝情谷谷主公孙止和夫人裘千尺互为对方人生的差评师，最终将祖传下来的大好基业绝情谷毁于一场大火。再比如，药王门大师姐薛鹊和二师兄姜铁山不仅没做成夫妻店，而且两人后来分崩离析了。

何太冲、班淑娴借夫妻店模式，确保了何太冲的职场晋升，坐稳昆仑派掌门之位，将偌大一个经营了几百年的昆仑派事业握在自己手中，这既是职场晋升中的特殊经验，也是投资小、回报大的好生意，尤其适合于创业领域。因为夫妻是同门的师兄妹，能力、智商等样样都称得上势均力敌。情投意合结成夫妻后，混的仍然是同一个学术圈子，你耕田来我织布，你会桃花岛武功，我会降龙十八掌。两个人要么就一起经营，拉选票，竞选一下本门派的掌门人；要么就找个山头自立门派，过些年保不齐就成了江湖上赫赫有名的连锁店了呢。

何太冲、班淑娴以夫妻店的模式披荆斩棘，杀出了一条职场晋升之路，核心经验其实就是整合和优化资源，合力突破目标。这给现代职场晋升的启示是共赢思维，找到共同利益者，共同完成目标，共享胜利果实。

看起来的毫不费力
和真实的全力以赴

——

　　我们仰视成功者时常常会不自觉地神化他，觉得他总是能毫不费力地做好我们做不到的事情，但是成功者真实的状态却是光鲜背后其实也是普通人，也洒过泪水和汗水。他们在人前所呈现出来的毫不费力，事实上都是全力以赴的结果。毕竟，这个世界上天赋异禀的人还是少数。我们抱怨自己资源不如人、天分不如人的时候，却不知道自己还有很多未尽全力的地方。

　　《笑傲江湖》中，华山派的令狐冲在职场"小白"时期，跌过无数跟头，被同事坑，被领导打击，处处不顺心，不仅升职涨薪无望，而且还被领导毫不留情地炒了鱿鱼。但他最终通过努力，逆袭成功，坐上恒山派掌门之位，活成了我们当下励志偶像的模样。

　　如果他能把自己的心路历程写成书，这书就一定是最畅销的励志书，他也妥妥地成为斜杠青年——畅销书作家和青年导师，可以巡回演讲、签名售书。要说他为什么会被广大粉丝接受，主要还是因为他够接地气，在普通青年心中，令狐冲既不是神，也不是高冷学霸和富二代，能让普通人看到努力是有希望的。

如果天天拿郭襄创立峨眉派的故事来激励我们前行，我们可能只会越看越觉得未来的人生路毫无希望，因为这些优秀的人不仅比我们有资源，还比我们更努力，所以人家才能成功。相比之下我们似乎又丑又笨又穷，家里还没背景，这辈子活该受苦。

而令狐冲不一样，他过去确实很穷，是个倒霉蛋。他曾经是华山派的员工，由于跟不上领导的思路，也不懂得为领导排忧解难，所以遭到领导嫌弃，还被开除了。这段经历让他多年来的心理阴影面积大到无法计算。

因为是被领导炒鱿鱼出来的，所以令狐冲无论走到哪里，都被人瞧不起。就连曾经给他写过表扬信的兄弟单位领导后来见他，也跟岳领导同仇敌忾地骂他一句，甚至不许自己的员工跟他有来往，把他当成了一个超级大细菌。这都是华山派领导的江湖影响力导致的。得罪了领导，就得罪了小半个江湖。令狐冲都没法在圈子里混了！

这样的人生可以用暗无天日来形容。没有父母兄弟，失去工作，还生了重病，连还能活多久都不可知。一个抓了一手烂牌的人，最后却反败为胜，成为人生大赢家。就因为这些，令狐冲的人生才让我们有深深的共鸣：在成长过程中，我们要感谢一切折磨过自己的人，也要配得上自己所受的苦。你看，如果当年令狐冲没有遭遇变故而被迫离开华山派，那么他可能就会一直安逸地待下去，庸庸碌碌。这样所谓的稳定，不就是在浪费生命吗？

但是，一切就都像我们所见到的那样吗？令狐冲倒霉了，吃了苦头，然后时来运转，不飞则已一飞冲天了。从倒霉到一飞冲天的转折，

真的就只是凭运气吗？真的都是毫不费力得来的吗？不是的。令狐冲的经历里，有很多我们误会了的东西。比如我们只是看到开头的倒霉，看到美好的结局，而忽略了中间人家咬着牙艰苦奋斗的过程。

很多人都这样理解，令狐冲最后当上恒山派掌门人，不过是一个普通青年因为运气好而逆袭的结果。有没有发现这句话好熟悉？很多成功人士在红毯上、在镁光灯下熠熠发光时，都是这么总结自己的成功经验的，他们都说：这么多年来，我能取得这么一点点小成绩，真的只是我运气好，遇到了这么多帮助我的好心人……

是的，他们都喜欢把自己成功的原因归结为运气好。但是我们当真了。任何人的成功都离不开努力，但很多人喜欢对外宣称自己只不过运气好，或许是真低调，或许是一种高级表演：你看，我运气好就成功了，我的成功毫不费力！

令狐冲除了好运气还有什么？他究竟付出了怎样的努力才让最后的成功看起来毫不费力？令狐冲在华山派的山崖上，经由名师风清扬的指点，日日夜夜苦练独孤九剑，使得他后来成了年轻一代中的剑术佼佼者。如果他仍然只守着华山派学到的微末武功止步不前，那么在他后来倒霉时，有什么核心竞争力支撑自己来一次咸鱼翻身呢？正因为他武功底子好，加上性格率真，后来结识了很多高手，比如遇上了日月神教的前副总向问天。如果他武功太低，帮不上这位向大哥什么忙，那么又如何有机会学成吸星大法？如果他不思进取，武功稀松，定闲师太又怎么会看重他，而在临终前将整个恒山派托付给他呢？毕竟考量一个人是否适合管理一个公司，并不只看人品一项，更重要的还得看能力。

所有成功的人都是有准备的，幸运之神才最终眷顾了他。而我们对令狐冲、对一切成功人士总有一个误会：我们以为自己的不顺心只是因为运气不好，等运气来了自然也就逆袭了。至于遇到一个像任盈盈那样的知心爱人，有颜值、有能力、有智商、有背景，如果我们本身一无所有，又不肯努力，即使花光所有的运气遇见她，也没法赢得她的倾心之爱吧？

在职场上，当我们看到某个同事做了个大项目，签了大单子，挣了很多奖金，总会有很多人说：他不过是幸运罢了。其实我们心里应该知道，他并不只是凭幸运而收获这么多的。因为我们见过他为了做成大项目，为了签得大单子，曾付出了无数时间和精力。

成功不是等着突然有一天中彩票，人生也不是等着幸运女神的降临。我们所有的怀才不遇终究不过是，我们的努力不如别人。

林平之的上层路线
和群众路线

——

职场上要有好的发展空间，除了业务能力，还有两条路线——上层路线和群众路线不能不重视。这两条路线如同人走路需要两条腿一样，自然就没有光用左腿不用右腿的道理。走好上层路线，保证上面有领导能看得到你的能力，觉得你是可用之材；走好群众路线，是让下面有人支持你，一旦你要带个团队，至少也要有人可用。

会走上层路线而忽略群众路线有时还是个敏感问题，会被认为工作作风有问题；只会走群众路线，上面得不到领导的欣赏和支持，也难以施展抱负。而林平之是个聪明人，将职场关系玩得溜溜转，刚进华山派时，就将这两条路线走得非常顺。

在一个新的单位里，走好这两条路线必得先熟悉单位的各种情况。比如林平之刚进华山派时，先对华山派的情况摸了底：若论华山派在江湖上的地位，怎么也得算第二梯队的前几位了。名气大、地位高，掌门人出席江湖活动时，在主席台上是有重要座位的。但到了岳不群执政时期，业务上日渐衰落，还经常出现财政赤字，顾了面子撑破里子。掌门夫人都穿不起绫罗绸缎的高级时装，资深大弟子薪水低得喝个酒还得跟乞丐混，大家公务外出的吃住规格也比同行低得多。

华山派的财务情况不是秘密，长眼睛的人都看得见。新入门的小弟子林平之心里暗暗做了一番盘算，打算替掌门人分忧。按说自己初来乍到，根基还没稳，这种大事自然有师兄们去做，即便"公司"倒闭，还有掌门人和师兄们顶着呢。

但林平之知道，这就是自己的机会：华山派弟子几乎都是草根家庭出身，一个个都是穷光蛋，没钱没资源，拿什么为掌门人分忧呢？而他出身商人家庭，老爹曾是南方最大的连锁镖局的老板，自己虽然眼下是落难公子，但终究瘦死的骆驼比马大，自己不但有些私房钱，还有富庶的外祖父家可以依靠。

有一次，岳掌门想组织一场集体外出活动，却发现"公司"账面上空空如也，十分发愁。林平之看在眼里，想领导之所想，急领导之所急，很体贴地跟领导说自己可以提供资金。还有，如果领导愿意赏脸去洛阳旅行，他还可以请外祖父接待，包吃包住，提供差旅费和免费导游。岳掌门的燃眉之急顿时解了。消息公布后，全派上上下下都沉浸在欢乐的海洋中。这样免费旅行的福利，有些人进华山派十几二十年，还是第一次赶上呢。

华山派的这次集体旅行——哦，不，该叫公务考察，毕竟是奔着办公务去的——从陕西到河南洛阳，再一路南下到福建，行程几千公里。几十号人长达数月的差旅费全是林平之赞助的，不用刻意去强调，这笔巨额费用，岳掌门和师兄弟们心里都是有数的。

林平之是商人的后代，虽然家破人亡后再没机会成为家业继承者了，但他继承了老爹经商和投资的好基因。他老爹曾经教过他"多交朋友，少结冤家"；要"人头熟，手面宽"。这次"大出血"地资助华山派活动，解领导之忧，正是生意人的投资眼光，为自己赢得了领导的信任和师兄弟们的好感，帮他在华山派积累了必要的政治资本。

林平之这一招立竿见影，他立即成了华山派的团宠。岳掌门觉得他懂事，掌门夫人开始用丈母娘的眼神看他，掌门人的宝贝女儿岳灵珊觉得他比以前更帅了。毕竟"吃人家的嘴软，拿人家的手短"，师兄弟们看他也就更顺眼了。

林平之付出了，也拿到了他想拿到的，但他知道华山派还有一个人不爽，那个人就是大师兄令狐冲。不过他并不在意，也不打算要去赢得所有人的信任和支持，因为花不起那个时间和成本。既然大多数人的票已经在自己掌握之中了，剩下一两个不服气的人，那就让他们不服气去吧。长江后浪推前浪，前浪不也被后浪拍晕在沙滩上吗？

大家都知道，来势和发展都很迅猛的林平之已经稳稳地进入掌门人的核心圈了，华山派的人有传言说，林平之不仅会成为现任掌门的女婿，还可能成为下一任掌门。对，他确实不是武功最高的，也不是资历最深的，可是那又怎样呢？

如果成为华山派岳掌门的女婿，不就顺理成章地成为未来接班人了吗？就像耶律齐做了丐帮黄蓉帮主的女婿，后来不也就轻轻松松地当上了帮主吗？郭靖做了桃花岛主的女婿，桃花岛的武功、家学、地产不也都是他的了吗？所以，在华山派，成为岳掌门的女婿，这个念头曾在无数年轻人心头转过。但是，这些竞争对手都被林平之轻松淘汰掉了。

落难公子林平之将人生的牌越打越好，近乎成了岳掌门独生女儿的

出来混，
当然要带脑子。

夫婿，离下一任掌门人的位置还远吗？如果林平之想当华山派掌门人，前面这一路走来，投资不小，用心也不少，铺垫这么多、这么久，也就只差岳掌门顺手将他向上一推了。

虽然小说里林平之最后没有晋升到华山派掌门之位，但他所走的上层路线和群众路线不能不说比较高明。他没有走到权力的巅峰，只不过是因为他自己一开始就把终极目标定为复仇，他前期的上层路线铺垫到一定程度后，没有直取掌门位置，而是拐了一个弯——将矛头指向了仇家。如果他一开始就盯紧掌门人之位，这两条路线帮他达成心愿并不是太难的事情。

职 场 点 拨

1．如同水滴石穿，练成"熬"字诀的关键便是"专注"二字，不计较得失，耐得住寂寞，将所有的时间和精力都花在一个目标上。

2．我们仰视成功者时常常会不自觉地神化他，觉得他总是能毫不费力地做好我们做不到的事情，但是成功者真实的状态却是光鲜背后其实也是普通人，也洒过泪水和汗水。他们在人前所呈现出来的毫不费力，事实上都是全力以赴的结果。毕竟，这个世界上天赋异禀的人还是少数。我们抱怨自己资源不如人、天分不如人的时候，却不知道自己还有很多未尽全力的地方。

3．成功不是等着突然有一天中彩票，人生也不是等着幸运女神的降临。我们所有的怀才不遇终究不过是，我们的努力不如别人。

4．职场上要有好的发展空间，除了业务能力，还有两条路线——上层路线和群众路线不能不重视。这两条路线如同人走路需要两条腿一样，自然就没有光用左腿不用右腿的道理。走好上层路线，保证上面有领导能看得到你的能力，觉得你是可用之材；走好群众路线，是让下面有人支持你，一旦你要带个团队，至少也要有人可用。